나랑 비혼해 줄래?

나랑 비혼해 줄래?

혼삶비결 지음

낡은 디폴트를 뒤엎는
두 여자의 혼삶 전파 에세이

메
카르북스

Before

결혼 안 한다던 개,
혼자서도 잘 살더라

아주 어릴 때부터 '여자아이'에 붙는 행동양식들을 싫어했다. 팔자걸음을 고쳐야 한다는 말에는 일부러 더 팔자걸음으로 걸었고 (그래서 아직도 걸을 때 팔자로 걷는다) 사진기 앞에서 예쁜 포즈를 지어 보라고 하면 일부러 다리를 쫙 벌리고 힘을 자랑해 보이는 포즈를 취했다.

그렇다고 나를 알게 모르게 옭아매고 있던 여성혐오와 가스라이팅들을 꿰뚫어 볼 만큼 날카로운 직관을 가지고 있었느냐 하면 그것도 아니다. 늘 불만을 가지고 있으면서도 그 원인이었던 세상을 작동하는 거대한 힘이 뭔지는 깨닫지 못했고, 그 힘이 내게 요구하는 것에 적당히 굴복하며 살아가는 그런 여자였다.

마초적인 남자가 싫었기에 적당히 내 말을 잘 듣고 고분고분한 남자를 골라서 사귀었고, '섹시', '청순', '조신' 등으로 나뉘는 여자 도식이 싫어서 내가 원한다고 착각했던 '유니크하고 빈티지한' 패션으로 치장하고 다녔다. 어릴 때부터 집안에서 지긋지긋하게 보아 온 남존여비 사상과 가부장적인 남자들에게 이골이 나 있었기에 이른바 '개저씨'나 경상도 남자들을 본능적으로 혐오했지만 가정적인 발언이나 행동을 하며 상대적으로 '다정해 보이는' 서울 남자들은 좋아했다. 여자라는 이유만으로 요구되는 행동들이나 도덕관념이 불편했고 반항심이 들었지만 동시에 그것과 완전히 어긋나는 행동을 하는 여자가 있으면 손가락질하기도 했다.

그러나 초등학생 때부터 결혼만은 절대로 하지 않을 거라고 마음먹었었다. 모부를 비롯한 주변 사람들은 다 알고 있을 정도로. 진지하게 내 미래를 그려 본 적은 없지만, 나이 든 나를 떠올렸을 때 다만 자유롭게 살고 싶다는 한 가지 생각만이 있었고 그러려면 혼자 살아야 한다는 결론이 나왔다.

그런 다짐에도 불구하고 내가 페미니즘을 몰랐다면

아마 지금쯤 슬슬 결혼하지 않은 나를 돌아보며 내 통장 잔고를 살펴보고 이리저리 계산기를 두드려 보고 있었으리라. 어쩌면 '결혼 안 한다던 애들이 제일 먼저 가더라'라는 말을 뒷받침해 줄 하나의 예시가 됐을 수도 있다.

하지만 다행히 그 수많은 예시 중 한 명이 되기 전에 깨달았다. '운이 좋아서' 아무리 '시집살이'가 덜한 시댁에 아무리 '가정적인' 남편을 만난다 해도 결혼을 한다면 결국 내가 있는 곳은 가부장제 안일 뿐이라는 걸. 딸은 결혼하면 출가외인이 되고, 사위는 백년손님으로 대접받는 이 제도 안에서는 절대로 내가 원하는 삶을 살 수 없었다.

늘 내게 가장 중요한 건 나 자신이었기에 남성중심적 시선이 만들어 낸 여자에서 벗어나기 위해 화장을 버리고 사탕껍질 같은 치마와 오프숄더를 벗어 던졌으며, 머리를 잘랐다. 남자와 연애를 하지 않기로 했고, 결혼을 하지 않고도 잘 살아 내기 위해 돈을 모으기 시작했다. 그리고 다시금 다짐하게 된 비혼의 의미를 좀 더 정확한 언어로 정의했다. 결혼을 하지 않겠다는 것뿐만 아니라 '남성중심적 사회에 반기를 든다'는 의미가 함축된, 결혼제도를 반대한다는 의미의 '반혼'을 선언했다.

지금 나는 이전의 모든 삶이 꿈처럼 느껴지기도 한다. 현재의 생활방식이 너무나 자연스러워서 그전의 내가 어땠는지 자세히 떠오르지 않는다고 해야 하나? 곰곰이 생각해야 과거의 기억들을 구체적으로 불러올 수 있다. 친구들과 우스갯소리로 그때의 인생을 '전생'이라고 표현하는데, 그도 그럴 것이 인생이 거의 180도 바뀌었기 때문이다.

180도 바뀌었다니, 억지로 노력해서 바꾼 인생을 살고 있는 것이 아니냐고, 힘들겠다고 생각할 수도 있겠다. 바뀌려고 노력한 건 맞다. 그러나 이전에도 내 직관은 뭔가 이상하다고 위험신호를 보내왔었고, 페미니즘을 알게 되고 막연히 가져 왔던 불만의 이유와 실체를 알게 되자 변화는 자연스러웠다.

페미니즘은 내 직관을 표현할 도구이자 무기이다. 내가 가졌던 감정들을 언어로 정립하고 체화하는 과정에서 나 자신에 대한 믿음과 자신감은 덤처럼 따라왔다. 나는 지금 인생의 그 어느 때보다도 나에게 집중하고 충실하고 자유로운 삶을 살고 있다. 그리고 결혼하지 않음의 상태가 꼭 혼자임을 의미하지 않는다는 것도 알게 됐다.

내 미래에는 '결혼 안 한 외로운 노처녀'와 '결혼한 여자' 대신 제3의 선택지가 생겼다. 손을 뻗으면 그 손을 마주 잡아 주는, 다른 혼자인 여자들과 함께 자유롭지만 외롭지 않은 인생을 살아갈 것이다.

'결혼 안 한다던 애들이 진짜로 안 가고 제일 잘 살더라'라는 말을 더 많은 이들에게 들려주고 싶어 이 책을 썼다. 지금 여러 가지 이유들로 망설이며 결혼과 비혼 사이에서 갈팡질팡하는 이들 말이다. 당신 인생의 조종키를 당장 비혼을 향해 꺾으라는 말이 아니다. 그냥, 결혼하지 않아도 이렇게 잘 사는 사람들도 있다고, 조금만 당신 내면에서 보내는 신호들에 귀 기울여 보라고 말해 주고 싶다. 우리 또한 그 목소리를 따라 이까지 왔고, 의외로 우리의 직관은 옳은 말을 해 줄 때가 많으니.

Valenti에서 Girls on Top까지

(에이)

　　　　　가끔 내 인생을 대변하는 듯한 가
사의 노래를 만날 때가 있다. 언뜻 떠오르는 노래 몇 곡
중 내 과거와 현재를 설명하기에 딱 맞는 노래는 보아의
〈Valenti〉와 〈Girls on Top〉이다. 보아의 〈Valenti〉는 찢
어진 청바지에 섬세한 눈빛을 가진 그대와 불꽃같은 사랑
에 빠진 화자가 사랑을 위해 미래까지도 걷어 버리고 말겠
다는, 10대 소녀가 부르기에는 다소 위험한 가사의 노래다.

　지금에야 위험한 가사라고 가볍게 말하지만, 나에게
도 타이트한 그대의 틀에 나를 기꺼이 맞추고, 내 행복을
거기에서 찾으려 했던 시절이 있었다. 엄마와 동생, 나 이
렇게 여자 셋이서 산다는 이유로 이런저런 일을 많이 겪
었던 탓이다. 어린 시절 우리 가족은 매년 이사를 다녔다.
대외적인 이유는 집안 사정이었으나 실은 내가 다니던 초

등학교 앞까지 찾아올 정도로 엄마를 스토킹하던 남자 때문이었다. 2013년에서야 경범죄처벌법에 '지속적괴롭힘' 조항을 추가하여 스토킹을 처벌하기 시작했으니, 그 당시엔 스토킹 피해를 입어도 경찰에 신고한다는 건 꿈도 못 꿀 일이었다. 몸과 마음이 힘들었을 엄마에게 이사는 최선의 선택이었을 것이다.

그렇게 원치 않은 이사를 다니면서 여자 셋만이라는 이유로 어이없는 일도 많이 겪었다. 가족 구성원 중 성인 남성이 있느냐 없느냐에 따라 달라지는 이삿짐센터 직원들의 일처리 때문에 애를 먹은 적이 한두 번이 아니다. 냉장고나 세탁기를 잘못 설치해 주는 건 물론이고 식사, 간식, 음료를 사 오라고 시도 때도 없이 눈치를 줬다. 반말은 예삿일이었고 무시하는 말투와 표정은 나를 점점 날카롭게 만들었다. 초반 몇 번의 이삿짐센터 갑질을 겪은 뒤로는 두 번에 한 번 정도는 어렸을 때 잠시 함께 살았던 외삼촌이 동석했다. 그럴 때마다 달라지는 남기사들의 태도에 나는 어릴 때부터 이 사회가 돌아가는 생태계를 어쩔 수 없이 알게 됐다.

어른 대 아이만 있던 내 세상에선 어른이면 다 평등

하게 사람 대 사람으로 사는 줄 알았는데, 어른들 사이에서도 여자 대 남자의 구도가 존재한다는 사실을 너무 빨리 알아채 버렸다. 그런 일종의 제련과정을 거치고 성인이 될 무렵 난 집에서 내놓기 무서운 딸이 되었다. 부당한 걸 부당하다고 말하는 내가 예민하다며 내가 뭐라도 말하려 들면 일이 커질까 엄마가 알아서 하겠다고, 그러지 말라며 지레 겁을 먹고 말리곤 했다.

층간소음에 쫓겨 급하게 이사 갔던 집에선 같은 건물에 살며 유난히 우리 집을 괴롭히던 집주인과 일요일 아침부터 한참을 소리 지르고 화내며 싸운 적도 있다. 본인이 청소하는 사이에 우리가 테이크아웃 컵을 버리고 갔다는 것이다. 어린 여자애들이 둘이나 있으니 이 집밖에 없다며, 항상 여기에 버리던 걸 벼르다 오늘 잡았다고 했다. 젊은 여자라는 이유로 증거도 없이 억지로 꼬투리를 잡아 화를 내고, 오해에 대한 사과조차 하지 않는 모습에 그동안 참았던 분노가 올라왔다. 그날로 계약한 부동산에 방을 빼겠다 통보하고 나니 앓던 이가 빠진 듯 속이 시원했다.

남자가 있을 때와 없을 때가 확연히 다른 이삿짐센터 직원들의 태도, 젊은 여자라고 만만하게 보던 집주인 등…… 여러 사건들로 인해 결혼을 해서 집에 남자가 있으면 안정적이고 행복한 삶을 살 수 있을 것이라는 나의 믿음은 더 강해졌다. 단칸방이라도 얻어 매트리스 하나 두고 허리띠 매 가며 알뜰살뜰 살더라도 정직하게 나만 위해 줄 사람이라면 괜찮으니 가능한 한 빨리 결혼하고 싶다고 말하고 다녔을 정도였다.

'개념녀'스럽고 '기특한' 발언이었지만, 나는 소위 여자가 꺾인다는 결혼적령기 스물 다섯 살을 넘을 때까지 결혼하지 못했다. 궁궐 같은 집을 바란 것도, 성대한 결혼식을 원한 것도 아니고 그냥 이 안전하지 않은 집에서 날 구해 줄 누군가가 필요한 건데 결혼은 왜 이리 어려운 건지 답답하기만 했다. 아이를 낳아 행복한 가정을 이루고 싶었고, 빨리 결혼해서 젊은 나이에 출산해야 아기가 건강하다는데, 결혼이 늦어지면 건강한 아이를 낳지 못할까 초조했다. 내 딴에는 소박하다고 생각했던 결혼이라는 한 가지 목표를 아무도 만족시켜 주지 못한 걸 지금은 다행이라고 생각한다.

결혼이라는 목표로 무작정 직진만 하던 나를 멈추게 한 건 다름 아닌 결혼 전 맞닥뜨린 현실이었다. 빨리 결혼하고 싶다는 말은 자동으로 지금 만나는 상대와 결혼하고 싶다는 말로 받아들여졌고 결혼을 전제로 한 연애에서 '어차피 결혼할 건데 뭐 어때'라는 말로 내 몸에 대한 권리는 당연한 듯 상대의 소유가 되었다. 나와 상대가 함께할 미래를 그릴 땐 아이 이야기가 빠지지 않았다. 아이는 몇 명 낳자는 것부터 시작해, 내가 예전에 생각해 둔 아이 이름이 있는데 이건 양보 못 하니까 꼭 이 이름으로 아이 이름을 지어야 한다는 말도 들었다.

언뜻 들으면 커플 사이에 할 수 있는 평범한 대화 같지만 배우자와 함께 동등한 위치에서 가정을 꾸리고 안전한 집에 살고자 했던 나와 달리 상대에게 중요한 건 결혼을 통해 얻게 될 '아내'와 '자식'뿐인 듯했다. 아무리 발버둥 쳐도 결혼은 내가 다른 집 사람이 되고 그 사람의 아이를 낳아 남의 집안 성을 물려주는 험난한 과정이었다. 유일한 탈출구라 생각했던 결혼은 안전하게 살길 바라는 내 욕구를 충족시켜 줄 방법이 아님을 다행히도 더 늦기 전에 깨달았다.

왜 사람들은 결혼을 완성품 전시회라고 생각할까? 결혼을 결심하기 전에 알고 있어야 했을 사실이 아이러니하게도 비혼을 결심하자 보였다. 집안일과 커리어 두 마리 토끼를 모두 잡은 워킹맘, 가계부 하나로 통장을 제패

하는 재테크 고수 새댁, 척하면 척 살림9단 전업주부……
모든 건 하루아침에 완성되지 않는다. 그들이 감수해야
했던 희생과 노력은 지워지고 멋져 보이는 그 이미지만
남아 결혼이 하루아침에 나를 그들처럼 완성해 줄 거라고
믿게 만든다. 그 완성품 전시회에 속은 나 역시 멋지게 진
열대 한 칸을 차지하고 싶었다. 단순히 결혼 하나로 내게
부족한 모든 게 채워질 거라는 믿음만 양손에 꼭 쥐고,
내 인생을 완성시켜 줄 마법 같은 일을 그저 기다리기만
할 뿐이었다.

비혼을 결심한 이후 지금은 이전의 삶을 돌아보면서
결혼하면 철 든다는 어른들의 말만 믿고 엉망진창으로
살았던 삶을 재정비하는 과정을 지나고 있다. 내 삶을 통
째로 내가 가지고 컨트롤하는 건 생각보다 어려운 일인
걸 알게 됐다. 결혼하면 잘 하게 되겠지 했던 집안일도,
결혼하면 고쳐질 것이라 생각했던 소비습관도 다른 사람
을 위해서가 아닌 나를 위해 고쳐 나가는 과정은 어렵지
만 동시에 재밌고 뿌듯하다.

내 인생을 대변할 노래를 다시 고르자면 주저 없이 보
아의 〈Girls on Top〉을 선택할 것이다. 나는 지금 나에게

강요되는 틀을 벗어 버리고 전부 나의 뜻대로 결정하고 책임지는 진짜 내 인생을 산다. 허구의 목표를 좇다 버린 시간과 돈, 건강은 다시 돌릴 수 없지만 절대 이전의 삶으로 돌아가지 않겠다는 다짐을 되새길 때마다 내 옆에 함께하는 수많은 비혼여성들의 존재는 나에게 굉장한 힘이 된다. 내가 경험한 많은 일들과 만나고 헤어진 모든 사람들이 지금의 내 모습을 만들어 주는 초석이 되었다.

평생 결혼주의자였던 사람이 정반대쪽으로 달리는 과정은 험난하고 어쩔 땐 주저앉기도 하지만 후회는 없다. 〈Valenti〉 시절의 나와 같은 사람이 있다면 함께 이 세상을 모두 바꿔 버릴 꿈을 가져 보자고 말하고 싶다. 그토록 지독했던 나도 이렇게 변했으니 당신도 할 수 있다고 말이다.

목차

After

디폴트 : 결혼

결혼은 사랑의 종착역도, 인생의 완성도 아니다.

결혼은 개인, 특히 여성의 삶을 뿌리째 흔드는 큰 이벤트다.

내가 비혼주의자로 사는 이유는 내 삶의 존엄성을 위해서다.

내 인생을 온전히 내 것으로 살고 싶기 때문이다.

나는 이기적으로 살 거다.

어느 날 결혼주의자가 될 뻔했다

　　　　　　　"요즘 시대에 페미니스트 아닌 여자
가 어딨어요?"

　조심스럽게 싸인을 부탁하신 구독자 분이 주저 없이 내
뱉었다.

　우리가 애용하는 스튜디오에서 여느 때처럼 촬영을 마치
고 나오는 길이었다. 장비들을 정리하느라 정신없는 와중에,
눈에 익은 직원 한 분께서 종이를 들고 쭈뼛거리며 다가오셨
다. 구독자라고 밝히며 친구 이름으로 싸인을 한 장 부탁하
시기에 반가운 마음이 들었다. 동시에 비혼 여성들의 영상
을 마음껏 공유할 수 있는 사이라니, 부러운 마음도 들었다.
궁금한 건 못 참는 성격에 "친구 분도 페미니스트이신가 봐
요?"라고 질문했더니 단박에 대답하시는 게 아닌가.

　그렇다. 적어도 2030세대 여성들은 대부분 여성인권의

현실에 대해 공감하고 있으며 성차별에 반대한다. 연일 흘러 나오는 여성대상 범죄 뉴스들과 OECD 내 가장 높은 성별임금격차를 가진 국가라는 딱지, 여성 실업자의 수가 남성 실업자의 수를 훌쩍 넘는 팬데믹 상황 속에서 한국 여성들은 더 이상 '성차별'이라는 단어를 낯설게 받아들이지 않는다.

하지만 비혼이라는 단어가 등장한다면 토론장의 분위기는 사뭇 달라진다. 결혼과 페미니즘 사이의 상관관계에 대해선 여전히 고개를 갸웃거리는 사람이 많다. 사랑해서 결혼하는 건 어쩔 수 없는 흐름이고 개인의 행복을 위한 선택인데 무엇이 문제냐는 거다. 하지만 나는 단호하게 말할 수 있다. 수많은 여성 차별 문제들을 해결할 열쇠는 바로 '비혼'이라고.

여성의 미래와 행복을 위해서 결혼이라는 선택이 필수인 듯 말하는 사람들이 많다. 과연 그럴까? 나는 가끔 모든 여성이 한날 한시에 결혼을 하지 않기로 선언하는 것을 상상해 본다. 정말 그런 일이 일어난다면, 그것보다 효과적으로 우리가 원하는 세상을 얻는 방법은 없을 것이다. 우리가 맞닥뜨리는 대부분의 차별 이슈들은 가부장제라는 메커니즘에서 기인한 것이고 그 거대한 시스템을 작동시키는 핵심 톱

니바퀴는 바로 결혼제도이기 때문이다.

비혼 유튜버로, 여성주의 활동가로 몇 년간 지내면서 나를 새로이 알게 된 사람들은 비혼이나 페미니즘에 관한 수많은 질문들을 한다. 어떨 땐 내가 '페미니즘 교과서'가 된 것처럼 느껴지기도 한다. 그 반대로, 반박할 가치조차 없지만 '페미니즘 하게 생겼네' 같은 악의가 다분한 말들도 종종 듣는다. 내가 태어날 때부터 페미니즘을 외치며 태어나기라도 한 것처럼 말이다. 한글을 떼자마자 처음 쓴 글이 비혼이었다거나…… 그랬다면 그들의 기대에 부응해 줄 수 있었을 텐데, 안타깝다. 하지만 나를 꽤 오래 보아 온 주변인들에게 물어보라. 불과 몇 년 전의 나와 지금의 나는 행동으로 보나 겉모습으로 보나 같은 사람이 맞는지 의심이 들 만큼 달라졌다고 말해 줄 것이다.

이런 변화가 어느날 갑자기 이루어진 것은 아니다. 신내림 받듯 어떤 계시라도 받아서, 완벽한 페미니스트로서 비혼주의를 전파하러 하늘에서 뚝 떨어진 게 아니라는 거다. (여자가 비혼이라고 하면 뭔가 '훼까닥'한 사람으로 많이들 생각한다.) 고백하건대, 아주 짧은 기간이었지만 결혼에 긍정적이었던 적도 있었다. 그랬던 내가 비혼을 결심하고 유튜브 채널을 개설하기까지는 크고 작은 계기들이 있었다.

위에서 잠시 언급했지만, 결혼에 긍정적이었던 아주 짧은 기간 외에는 결혼이라는 단어에 호의적이었던 적이 별로 없다. 여아 대비 남아 성비가 가장 높다는 경북 대구에서 태어나, 평범한 경상도 집안의 장남과 결혼해 그의 아내로 살아가는 엄마를 본 사람이라면 누구나 그랬을 것이다. 우리 집안은 제사에 있어서는 유난히 더 엄격한 편이었다. 남녀칠세부동석이라는 말이 현대에도 유효한 건지 여자와 남자는 같은 상에서 밥도 먹을 수 없었고, 그나마도 남자 쪽 상에 모양 좋은 전이나 과일들을 다 올려 준 후 여자들은 남거나 부서진 것들을 먹었다. 그것도 부엌 한구석에서. 한번은 "엄마, 왜 여자만 절 네 번 해야 돼?"라고 큰 소리로 물었다가 어쩔 줄 몰라 하며 둘러대는 엄마와 친척 남자어른들의 냉랭한 눈초리를 마주한 적이 있다.

어른들의 세계뿐만 아니라, 아이들 사이에서도 남자로 태어났다는 이유만으로 특권이 주어지는 것 같았다. 사촌 남동생들은 나보다 나이가 한참 어려도, 남자라는 이유만으로 용돈의 액수는 물론 어른들이 입에 넣어 주는 음식의 질도 달랐다. '우리 ○○이는 고추 달렸으니까 5만 원!'이라는 말이 자연스러웠고, 식사 때도 안방 테이블 위 가장 때깔 좋게 만들어진 음식들은 모두 그들의 차지였다. 부엌에라도 들어

갈라치면 남자는 손에 물 묻히는 거 아니라는 할머니의 만류에 저지당했다. 나는 옆에서 여자가 과일을 그렇게 못 깎으면, 표정이 싹싹하지 않으면 나중에 시집 못 간다는 소리를 듣고 있었지만 말이다. 그렇게 친척들과 함께하는 자리에선 장남의 (유감스러운) 첫째 딸인 나는 늘 거슬리지 않게 조용히 있어야 했다.

반면 학교에서의 나는 사뭇 다른 아이였다. 『빨강머리 앤』의 앤처럼 하고 싶은 것도, 궁금한 것도 너무나 많았다. 장래희망을 쓰라고 하면 장관도 되고 싶고, 디자이너도 되고 싶고, 우주비행사도 되고 싶어서 한참을 고민해야 했다. 늘 반장과 1등을 도맡으며 장래희망을 바꿔 대던 아이에게 백마 탄 왕자님은 필요 없었다. 내 상상 속에서 그 백마를 끄는 사람은 언제나 나였으니까. 자연스럽게 결혼은 내 미래의 그림에서는 낄 자리가 없었다. 아니, 오히려 방해요소였다.

원하던 대학에 수석으로 합격했다는 소식에 여자는 서울에 가서 공부하는 거 아니라고, 많이 배워 봤자 소용없다고 하시던 할머니는 내가 졸업을 할 때까지 자퇴를 권하셨고, 어릴 때부터 하고 싶은 것이 많았고 미술에도 재능이 있었다는 엄마는 결혼과 동시에 자연스럽게 일을 그만두고 자신의 삶은 뒷전이 된 듯했다. 그런 환경에서 자라면서 누가 시키지 않았음에도 마음속에 새겨진 한마디가 있었다.

'여자 인생에 결혼은 도움이 하나도 안 된다.'

마음속에 깊게 새겨진 그 말이 평생 갈 것이라 생각했다. 하지만 성인이 되고 주변을 둘러보니 자신의 삶에서 결혼이라는 선택지를 빼놓는 이는 아무도 없었다. 대학교에서나 사회생활에서는 연애나 남자 이야기를 하지 않으면 '성인 여성'들의 대화에 끼기 힘들었다. 의학드라마나 액션영화를 봐도 늘 주인공의 행복을 서술하는 요소에서 좋은 사람과의 결혼은 빠지지 않았다. 입사를 하니 첫 식사자리에서 꼭 빠지지 않고 듣는 말은 "에스 씨 남자친구 있어?"였고, 없다고 하면 소개해 주겠다고 했다.

그렇게 한두 번의 미팅과 여러 번의 소개팅을 한 후 어찌어찌 몇 명의 남자친구들을 거치고 나니 어느새 결혼이라는 단어가 내 눈앞에 놓여 있었다. 정말 괜찮은 남자가 있으면 결혼을 하는 것도 나쁘지 않겠다는 생각이 스멀스멀 올라왔다. 그 남자친구들과 그려 본 미래가 꽤 괜찮아서가 아니었다. 결혼이라는 선택지를 놓는 순간 어려워만 보이던 내 미래에 잘 닦인 길 하나가 놓여진 기분이 들었기 때문이다. 유별난 애 취급을 받는 어렵고 외로운 길 대신, 모두의 인정과 축복을 받는 쉽고 탄탄해 보이는 길이. 주변 사람들과 자연스럽게 남자친구 이야기를 하면서 '보편적인' 대화에 낄 수 있다는 것은 마치 기분 좋게 술에 취한 듯 알딸딸하고 묘한 안정감을 주었다.

평생 결혼 안 하겠다고 외치던 딸이 TV에 나온 '가정적인 남편감'을 보고 "저런 사람이랑 결혼하면 좋겠다."라고 한 날, 엄마는 만면에 미소를 지으며 기뻐했다. 어릴 때 결혼하지 않겠다고 하면 꼭 "나중에 크면 생각 바뀔 거야. 네가 아직 어려서 그래."라고 했던 사람들의 말처럼, 정말 그렇게 되었다.

2016년, 내가 강남역 근처에 위치한 회사를 다니고 있을 때 강남역 살인사건이 일어났다. (그때 나는 당시 사귀던 남자친구와 함께 강남역 10번 출구에 헌화를 했다.) 매일 아침 저녁으로 지나다니던 길에서 계획적으로 여성을 골라서 죽인 일이 일어났다는 사실은 나에게 생생한 공포와 충격을 주었다. 여성혐오 살인이었다. 그 후로 인터넷에 폭발적으로 터져 나오는 여성들의 이야기의 흐름을 타고 여성인권에 대해서 깊게 생각해 보게 되었다. 늦은 새벽까지 커뮤니티와 SNS

에 넘쳐나는 담론들을 읽으면서 머리가 맑아지고 속이 트이는 기분이었다. 이제까지 기분 나빴던 것들이나 어딘가 찝찝한데 설명하지 못한 것들을 한 방에 설명할 수 있게 되었다.

성인이 되고부터 내내 따라다니던 어딘가 연기하는 기분도, 자기주장이 너무 세다는 이유로 남자친구와 싸워야 했던 것도, 매년 마주하는 우리 집 명절 풍경이 불편했던 것도 모든 것이 여자이기 때문에 겪어야 하는 일들이었고, 동시에 나만 불편했던 게 아니었음을 깨닫게 되었다.

장래희망 발표 시간에 망설임 없이 또박또박 '현모양처'라 말하던 친구들이 몇 명 있었다. 현명한 어머니이자 어진 아내를 의미하는 네 글자는 남성이 없이는 이룰 수 없는 장래희망이라 의아했던 기억이 난다. 물론 여남이 결혼해서 가정을 이룬다면, 살림을 돌보고 육아하는 것은 양쪽의 당연한 의무다. 그런데 분명한 건, 어릴 때 장래희망 칸에 그렇게 적어 넣었든 아니든 아직도 대부분의 가정에선 여성이 육아와 살림을 도맡아 한다는 것이다.

여초 회사에 다니던 때, 30대 이상 대부분의 직원들은 기혼이었고, 그들은 자신을 '워킹맘'이라 칭했다. (워킹대디라는 말은 없다.) 요즘 같은 세상엔 '현모양처'와 '자아실현'을 모두 이룰 수 있을 것처럼 보였다. 하지만 육아휴직을 내는 건 여전히 여자 직원뿐이었고, 남자 직원들은 그 대신 결혼해 '가장'이 됐다는 이유로 승진 하이패스를 달았다. 평일 낮에 연차를 내고 동네를 돌아다니다 보면 유모차를 끌고 아이의 손을 잡은 사람들 속에 아빠의 모습은 찾아볼 수 없었다.

내가 결혼을 잠시 꿈꾸며 느꼈던 알딸딸한 안정감은 취해야만 얻을 수 있는 것이었다. 바꿔 말하면, 늘 조금 취해 있지 않으면 안 된다는 말이다. 현모양처는커녕 매년 다른 방식으로 세상을 호령하는 나를 꿈꿨던 내게 결혼생활이란 원래의 나를 잊어버려야만 가능한 길이었다. 그것이 내게 진짜 행복이라고 말할 수 있을까? 쉽고 탄탄해 보였던 길은 사실 엄청난 함정을 안고 있었던 거였다. '사회에서 요구하는 여자'를 연기하던 고충에 '아내'로서의 역할까지 추가되어 평생 괴로워했을 것이 분명하다. 달콤한 취기에서 깬 지금, 나는 그 어느 때보다도 정신이 맑고 행복하다.

지금의 나는 비혼주의자이고, 이제는 그 결심을 조금 더 정확하게 '반혼'이라고 부른다. 우리는 외신에서 한국의 비혼을 소개할 때 'no-marriagist' 대신 'anti-marriagist'라는 단어를 썼다. 결혼을 하지 않는 것에 그치는 것이 아니라 결혼제도 자체를 반대한다는 의미다. 그리고 비혼, 비연애, 비출산, 비섹스를 외치는 4B운동에 동참하게 되었다.

어릴 때도 지금도 내가 결혼하지 않는 가장 큰 이유는 같다. 그것이 나에게 도움이 되는 최선의 결정이기 때문이다. 오로지 내가 나로서 잘 살기 위해서다. 그리고 앞으로 나의 결심에 흔들림은 없을 것이다. (내 결심을 동네방네 떠들었으니 이젠 절대 무를 수 없다.) 나는 '좋은 게 좋은 거야'라는 말을 좋아하지 않는다. 모든 사람이 yes라고 할 때 no라고 할 수 있는 사람이 되고 싶다. 앞으로도 그런 소신 있는 사람으로 살고 싶다. 그리고 지금 나의 비혼 선언이 더 이상 '소신'이라고 불리지 않을 세상이 올 때까지 끊임없이 말하고, 떠들 것이다. 영상을 만들어 유튜브에 올리고, 내 경험을 글로 쓰고 있는 것처럼 말이다. 과거의 나처럼 자신을 애써 잊어 가며 안 맞는 옷을 끼워 입으려 노력하는 여성들에게 더 이상 그럴 필요 없다고 알려 주기 위해.

짝짓기 게임

(에이)

　　　　　　　　　비혼 유튜브 채널을 운영해서 그런
지 태어날 때부터 비혼주의자였을 줄 알았다는 말을 가끔
듣는다. 지금 내 모습으로 나를 알게 된 사람들은 그럴 법도
하지만 과거에는 확고한 결혼주의자였던 나였기에 이런 얘
기를 들을 때면 뻘쭘한 마음에 "저 예전에는 결혼하고 싶어
서 안달 났던 사람이었어요."라고 넉살맞게 자진신고를 하곤
한다. 나를 쭉 비혼주의자였던 사람으로 보는 작은 오해를
풀 요량이기도 하지만 결혼주의자였던 사람이 비혼주의자로
바뀌었다, 그러므로 누구든 바뀔 수 있다는 것을 나타내고
싶은 마음이 더 크다.

　　난 지금과 전혀 다른, 엄청나다면 엄청난 결혼주의자였
던 사람이다. 가능한 한 빨리 결혼하고 싶었기 때문에 단둘
만의 특별한 사랑을 완성해 줄 누군가를 기다리진 않았다.

내 목표인 빠른 결혼을 이해하고 같이 살아 줄 사람이면 아무나 상관없었다. 한때는 친구들과 몰려다니며 남자친구 같은 것 없이 평생 우리끼리 잘 살 수 있을 것이라 생각했지만, 시간이 지나 그 친구들마저 하나둘 연애를 시작하면서 내게도 권해 왔고, 소개팅을 주선해 주기도 했다.

그 이상하고 자연스러운 주변 흐름에 휩쓸려 첫 연애를 했다. 짧은 연애였지만 든 자리는 몰라도 난 자리는 안다고, 쭉 빈자리였다면 알지 않아도 됐을 공허함이 첫 남자친구와 헤어진 뒤 나를 덮쳤다. 불안했다. 한 번 만들어진 자리는 빌 때마다 나에게만 세상 모든 풍파와 차디찬 칼바람이 몰아치는 것 같았고, 남자친구가 없는 나는 어딘가 모자라고 불쌍한 사람인 것처럼 느껴졌다. 어떻게든 내 옆을 빈자리로 두지 않으려 발버둥 쳤다.

연애보다 결혼을 원했던 난 되는 대로 주변에 있는 사람을 계속 만났고 남자친구가 없었던 이전의 삶이 어땠는지 기억조차 나지 않았다.

연애가 끝날 때마다 나는 점점 작아졌다. 남들은 다 연애 잘만 하는데 나는 왜 자꾸 헤어지지? 내가 연애를 잘못하나? 내 연애 방식이 틀렸나? 이런저런 생각들로 나에 대한 확신은 나날이 사라져 갔다. 이런 나라도 좋아해 주는 사람이라면 내 마음의 빈 부분을 채워 줄 수 있지 않을까 하는 헛된 기대 반, 고마운 마음 반으로 만남을 시작한 경우가 대부분이었다. '상대를 좋아하는 나'를 만들어 헌신적으로 연애하는 내 모습에 심취했다. 감정이 없는 것을 들킬까 봐 더 과하게 표현하고 더 자주 연락하고 남자친구보다 내가 더 원하는 척했다. 내 일정, 외향, 취향, 성격 모든 걸 공유하고 상대방에게 맞추는 것은 기본이었다.

나를 바꾸는 건 남자친구를 좋아하지 않는 마음을 효과적으로 가리고 빨리 결혼하기 위한 위장이자 내가 할 수 있는 가장 큰 사랑의 표현이었다. 남을 위해 내가 이렇게까지 할 수 있는 사람인 것이 좋았다. 빈 수레가 요란하다는 말이 딱이었다. 상대는 고사하고 나 스스로에 대한 존중과 배려가 존재하지 않는 연애는 결국 안 좋게 끝나는 경우가 많았고 또다시 허전함을 채워 줄 사람을 찾는 악순환이 계속됐다.

상처를 주고받고 끝나는 게 반복되는 관계에 나는 지쳐 갔고 이제 다신 연애 같은 거 안 한다는 다짐과 함께 마음의 벽을 굳게 쌓았으나, 알고 보니 벽에는 도어 벨이 달린 출입문이 있었고 그 문은 벨 소리 단 몇 번 만에 새로운 외부인을 환영하며 활짝 열렸다. 사람들은 들어올 땐 벨을 누르고 정중하게 들어왔지만 나갈 땐 매몰찼다. 그럼에도 불구하고 외부인이 벨을 누를 때마다 마음의 벽에 달린 문은 다시금 활짝 열렸다. 부디 이 사람은 아무도 채워 주지 않고 떠난 내 마음속 빈자리를 채워 주길 바라면서…… 닫히고 열리기를 수없이 반복하며 계속 연애를 시작하는 내 모습이 스스로 우리 집 강아지 땅콩이 같다고 느껴지기도 했다. 사람한테 상처받아도 누군가 다가오고 관심 가져 주면 기뻐하고 기대하고 그 만남 속에서 또 여러 감정을 느끼고 행복해했다. 비록 끝은 좋지 않을지라도.

건강 문제로 천성이라 생각한 서비스직에서 사무직으로 옮긴 지 얼마 되지 않은 때였다. 위태로운 물경력 계약직, 쥐꼬리 월급, 잦은 야근이 공존하는 현실이 싫었지만 졸업학점 2점대에 경력도 없는 데다 더 좋은 회사를 가리란 보장도 없으니 퇴사는 안 될 말이었다. 방법을 고민하던 중 사이버대학교에 입학하기로 결정했다. 스펙을 올려 다음 회사는 지금보다 더 좋은 곳으로 옮기리라. 정작 대학교는 개차반으로 다녀 졸업이 가능한 가장 낮은 학점으로 겨우 졸업해 놓고 왠지 사이버대학교에선 잘 할 수 있을 것 같은 근거 없는 자신감이 불러온 참사였다.

사이버대학교임에도 불구하고 내가 입학했던 과는 오프라인 참여율을 중요하게 여겼다. 현생에 치여 참여하지 않는 사람이 훨씬 많았지만 워낙 새로운 사람과 만나는 걸 좋아하는 나에게 단체로 모이는 오프라인 행사는 집, 회사, 집, 회사가 전부인 지루한 삶의 한 줄기 빛과 같았다. 학기 초부터 친해져 함께 다니던 무리에서 과대, 부과대가 선출됐고 그들과 함께 행사에 자주 얼굴 비추고 참여하다 보니 어느새 난 운영진이 되어 있었다. 나이대가 굉장히 다양했는데 20대 중반이었던 내가 거의 막내나 다름없었다. 학과 운영진 중 긴 생머리에 어떤 말에도 잘 웃어 주는 젊은 여자. 그때의 내 모습이다.

한 무리 안에서 젊은 여자와 남자가 연애하지 않고 혼자 있는 꼴을 못마땅해하는 K-문화에 충실했던 사람들은 마치 재미있는 짝짓기 게임이라도 하듯 나이가 엇비슷한 여남들 사이에 선을 그어 잇기 시작했다. 예를 들면 이런 식이다.

"어? 에이가 홍길동한테 물을 따라 줬네? 나는 안 따라 줬잖아! 오~ 에이 길동이 좋아하나 본데? 너네 사귀는 거 아냐? 나한텐 솔직히 말해도 돼!"

그 뒤로는 뭘 해도, 뭘 안 해도 길동이랑 엮이는 개미지

옥이다. 나 역시 예외는 아니었고 그들의 말에 따르면 '연애 안 하기엔 너무 아까운 젊고 아름다운 나이'의 학우들은 원하지도 않았던 짝짓기 게임에 자동으로 참가됐다.

유일하게 동갑이었던 남학우와 강제로 이어짐 당하던 중 몇 살 위인 다른 남학우가 나를 좋아한다는 소문이 돌았다. 사람들은 순식간에 짝짓기 게임의 타깃을 바꿔 여자는 좋아해 주는 남자를 만나는 게 최고라며 연상이 얼마나 괜찮은지 나를 설득하고 있었다. 등쌀에 떠밀려 나를 좋아한다는 상대방과 둘이 대화하는 자리를 가졌지만 단번에 거절했다. 내 마음속 출입문에 드디어 걸쇠가 생긴 것이다. 거절 후에도 계속되는 구애와 주변의 압박에 어쩔 수 없이 몇 번 더 자리를 가지며 내 얇은 귀가 팔랑거리기 시작할 때, 그가 마지막 한 수를 내밀었다. 나 때문에 준비하던 해외 이민을 포기했단다. 나보고 그를 책임지라는 뉘앙스였다. 세상에! 그렇게까지 했다는데 어쩔 수 있나, 책임져야지. 단단해 보였던 걸쇠는 신기루처럼 사라졌다.

꽤 평화로운 나날을 보내던 어느 날 서울 외곽으로 나가 본 경험도 얼마 없는 나에게 자신이 나고 자란 동네로 오라며 갑자기 웬 집을 사 두었다고 했다. 무려 신혼집이었다. 서울에서 차로 한 시간 반 정도 떨어진 곳에 있던 그 집은 버스와 지하철 정류장이 걸어서 30~40분은 족히 걸리는 외딴 곳이었다. 학과 운영진 활동을 하던 나를 본인 취향인 '참하고 야무진 여자'로 봤던 그는 내가 습관처럼 말하고 다녔던 빨리 결혼하고 싶다는 말에 나 모르게 혼자 결혼 준비까지 하고 있었다.

트라우마 때문에 운전은 절대 할 수 없을 거라 생각했던 나는 그곳에 갇혀 살리라는 걸 직감적으로 깨달았고 (잠시 자랑하자면 지금은 1종 보통 면허를 취득한 지 2년이 넘었다) 결혼하더라도 일은 계속하고 싶다는 실낱 같은 희망을 담은 나의 말은 '여기 밑에 상가 카페 같은 데에서 알바하면 되지'라는 대답으로 간단히 일축됐다. 카페라니, 난 커피도 별로 좋아하지 않는데! 내 커리어는 이미 의논 거리도 아니었다.

부동산 사장님은 내 속도 모르고 이렇게 좋은 집을 서프라이즈로 준비해 주는 사람이 어디 있냐며 나보고 복 많은 새색시라 했다. 새색시, 그 단어가 얼마나 소름 끼치던지. 그 이후 결혼할 대상으로 완전히 포지셔닝 된 나는 '결혼할 만한 여자'가 되기 위해 많은 것을 바꿔야 했다.

집을 보고 온 뒤 서로를 더 알아 가면서 내가 게임을 좋아하고, 남자 사람 친구가 많고, EDM 페스티벌을 좋아한다는 걸 알게 되면서 문제가 시작됐다. 괜찮다고 잘 놀고 오라며 차로 직접 데려다 주기까지 했던 EDM 페스티벌을 다녀온 날엔 심하게 싸워 다신 갈 생각을 못 하게 만들었고, 이성인 친구와 연락하는 것을 용납하지 못했다. 학기 초 나와 짝짓기 게임 대상으로 선택됐던 동갑 남학우에 특히 민감하게 반응했는데, 대체 아무 감정 없는 친구와 연락을 왜 못하게 하는지 이해할 수 없었지만 맞춰 주려 친구와 연락을 끊었다.

한 번은 친구 중 성별이 남자인 사람을 모두 보고한 적도 있다. 이후 그 리스트에 없었던 옛 친구와 우연히 연락이 닿아 그 사실을 얘기하자 거짓말로 신뢰를 깼다며 화를 냈고 나는 거짓말이 아니었다며 반격했다. 갈수록 상황은 악화됐다. 싫은 소리를 잘 못하는 성격 탓에 연애 중 싸운 적이 손에 꼽을 정도로 적었던지라 '서로를 이해하지 못하면서 왜 싸우면서까지 사귀지?'라고 생각했던 게 창피할 정도로 그때는 정말 하루가 멀다 하고 싸워 댔다. 어떻게든 맞춰 보려 해도 항상 어긋나 마치 악역의 뒷공작에 속수무책으로 당하는 막장드라마의 주인공이라도 된 것 같았다.

결국 그는 내가 본인을 이렇게 만들었다며 내 죄책감을 자극했다. 싸움의 이유는 항상 내 잘못이 되었고 뭔가 지적을 당할 것 같은 낌새라도 보이면 가슴이 벌렁거리기 시작했다. 나중에 알았지만 나는 아주 성공적인 가스라이팅 사례였다. 그와 나 사이에는 일방적인 해명, 사과, 불안, 복종만이 존재했다. 셀 수 없는 많은 싸움 뒤 마지막의 마지막의 마지막에 관계 회복을 위해 원인 제공자인 나에게 제시된 조건은 이렇다.

> **첫째: 친인척·회사 선임·팀장님·친구 남편·고등학생 때 담임선생님·예전에 같이 일했던 지배인님·매니저님·모르는 번호는 받지 않아 택배기사라는 이름 아래 저장해 뒀던 여러 개의 번호 등등 이유 불문 모든 남자를 차단 후 번호를 지우고 내 번호까지 바꿀 것.**
> **둘째: 퇴근 후·시내버스 승하차 시·마을버스 승하차 시· 집에 도착할 때마다 연락할 것.**

말도 없이 갑자기 번호를 바꾸자 친구들은 물론 집에서도 난리가 났다. 남학우들이 우글대는 학교에서 학업을 이어가는 걸 마땅치 않아 해 학교도 자퇴했다. 그들이 날 쳐다보는 눈빛에서 자신만 읽을 수 있는 더러운 감정이 있다나 뭐라나. 사이버대학교 자퇴는 입학할 때처럼 간단했다.

남자친구가 없는 자리에서도 늘 긴장하고 작은 행동 하나도 눈치를 보는 내 모습에 이어 주지 못해 안달 났던 언니들마저 미안하다며 사과할 정도였다. 창살 없는 감옥에 갇힌 느낌을 애써 무시하고 '너무너무 사랑해서 이렇게까지 할 수 있는 나'를 연기하는 데 심취해 나만 잘하면, 내가 원인을 제공하지 않으면 지금처럼 문제없이 잘 지내고 결혼해서 행복하게 살 수 있을 것이라는 생각까지 하게 될 무렵이었다. 어느 날 퇴근 버스에서 게임에 열중한 나머지 연락을 깜빡한 채로 집에 도착해 버렸다. 황급히 사정을 얘기하자 몰래 남자랑 연락하는 거 아니냐며 불같이 화를 내는 게 아닌가.

이쯤 되니 사실 헤어지고 싶어서 못되게 굴었는데 내가 너무 맞춰 줘 버린 거 아닐까 싶기도 하다. 너 때문에 해외이민까지 포기했다며 거창하게 시작한 연애도 뭐, 지지고 볶고 결국은 헤어졌다. 놀랍지도 않은 마지막 한 마디, '마지막인데 한 번만 자고 가면 안 돼?'를 남기고.

남자에 학을 뗄 때 그때부터 지금까지 혼자였으면 얼마나 좋았을까. 난 몇 번 더 남자를 만났고 내가 자신을 갉아먹는 사이 한국에서는 강남역 여성혐오 살인사건을 계기로 페미니즘 흐름이 일기 시작했다. 물론 흐름은 그전부터 있었지만 아예 무지했던 내가 인지하기 시작한 건 그 사건 직후였다. 여성들은 지금까지 자신이 경험했던 위협적인 상황들을 공유하는 것으로 여성이 피해자가 되는 일이 단지 소수만의 일이 아니라는 것을 서로 상기시키며 눈을 뜨기 시작했다.

현실을 직시하자 그 어느 곳도 안전하지 않다고 느껴졌고 작은 불안은 순식간에 눈덩이처럼 불어났다. 몇 년을 혼자 잘 다니던 동네 어귀 골목도 앞뒤로 수차례 둘러봤고, 수상쩍은 사람이 나타나면 친구에게 '나 지금 어느 쪽 길목인데, 근처에 수상한 사람이 있어. 연락 안 되면 신고해 줘.'라고 카톡을 했다. 오밤중이나 꼭두새벽 갑작스러운 연락에도 누구 하나 귀찮아 하는 친구는 없었다. 서로의 안녕에 대한 정보를 수시로 나눴고 누군가 연락 텀이 길어지면 걱정스러운 마음에 여러 명이 돌아가며 전화를 하기도 했다. 하지만 그것만으론 내 불안을 잠재우기엔 부족했다. 경찰과 법이 있어도 나를 지켜 주지 않았다. 어떻게 해야 더 안전할지 고민하던 내가 위험을 피하기 위해 선택한 건 이 위험에서 나를 지켜 줄 믿을 수 있는 남자였다.

급하게 찾은 인스턴트 안전은 당연히 길게 가지 못했다. 여행 때 먹을 경구피임약을 알아보다 부작용으로 사망한 해외 기사를 보고 "이거 봐, 처방약도 위험한가 봐. 무섭다."라고 말하자, 이미 임상실험 다 해서 시중에 판매되는 약이 네가 무섭다고 위험한 건 아니라며 줄기차게 팩트체크를 하던 그와는 경구피임약으로 반나절 내리 말씨름하다 정이 떨어져 얼마 안 가 헤어졌고, 통유리 좌석에 앉은 내 다리를 훑어보는 아저씨가 기분 나쁘다는 말에 네가 그만큼 예뻐서 쳐다본 거라고 대수롭지 않게 넘긴 그와도 금세 헤어졌다. 이상한 데서 쓸데없이 근성이 좋은 난 그렇게 당하고도 포기하지 않고 외국인을 만났다가 상대가 갑자기 잠적해 버리는 바람에 혼자 골머리 썩기도 했다.

엉망진창으로 이리저리 치이는 중에도 끝까지 붙들고 있었던 결혼에 대한 환상은 불편한 용기 시위를 계기로 페미니즘에 깊이 관심을 가지기 시작하며 끝내 완전히 사라졌다.

불편한 용기 시위가 생겼을 때 나는 마침 난생 첫 휴식기를 가지던 참이었다. 쉬지 않고 일하다 이번 회사를 마지막으로 퇴사 후 실업급여를 받으며 반 년 동안 안식년을 가져 볼까 하는 생각에 취업을 잠시 미루고 있던 시기다. 항상 할 일이 쌓여 있던 사람에게 갑자기 하늘에서 잉여시간이 뚝 떨어지면 뭘 해야 할지 모르게 된다. 아무 계획 없던 난 밤새 게임을 해 보기도 하고, 미뤘던 건강검진을 받기도 하고, 평일 낮 시간 사람이 많이 없는 번화가도 가 보며 정말 더없이 여유롭게 지냈다.

제자리에 가만히 서 한숨 고를 여유가 생기면 주변 환경에 눈 돌릴 시간이 많아지기 마련이다. 주위를 둘러보던 내가 눈길을 멈춘 곳에는 살려 달라 외치는 수많은 여성들이 있었다.

불편한 용기 1차 시위에서 느꼈던 그 충격과 마음 한편을 채우는 자매애는 오래도록 잊지 못할 경험 중 하나다. 이제 와서 하는 말이지만 사실 처음 시위에 참석할 땐 여성혐오에 대해 잘 알지 못했고 인권 같은 어려운 주제는 남의 얘기였다. 그저 여성들이 모여 이런 시위를 여는데 사람이 적으면 안 될 것 같다고 생각했고, 나는 마침 시간이 남아돌아 큰 고민 없이 시위에 참여할 수 있었던 사소한 우연으로 시작된 행동이었다. 그 작은 선택 하나로 내가 어떤 자극을 받아 앞으로 어떻게 변할지 그때는 상상조차 하지 못했다.

머리는 왜 자르는지, 그래도 기본 화장 정도는 매너인데 왜 안 하는지, 평소 예쁘다 생각하던 옷은 왜 못 입는지 이해하지 못한 상태로 일단 나를 내던진 시위 한복판에서 내가 느꼈던 수많은 감정들을 아직도 어제 일처럼 기억한다. 분노와 슬픔으로 점철된 여성들의 외침은 어떤 힘이 깃들었는지 항상 내 눈물샘을 자극해 시위에 참여할 때마다 이유도 모르고 서럽게 울곤 했다. 남들 앞에선 절대 울지 않던 나를 이렇게 만드는 감정이 어디서 비롯되었는지 설명해 줄 수 있는 건 페미니즘뿐이었다.

더 본격적으로 알고 싶지만 어떻게 시작해야 할지 몰라 무작정 손 닿는 곳은 다 찾아봤다. 인터넷에서 페미니즘 실천을 기록한 글들을 찾아보고 도서관에서 페미니즘 관련 책을 대여해 읽었다. 여러 온·오프라인 행사와 시위에 꾸준히 참여했다. 정말 운 좋게도 내가 페미니즘 공부를 시작할 때 나와 비슷하게 시위를 계기로 각성한 여성들이 많았고, 그 많은 수요에 힘입어 강연과 행사, 소모임들이 우후죽순 생겨나 다양한 방면으로 원하는 만큼 공부할 수 있었다.

평생 두 발 딛고 부대끼며 살아와 잘 안다고 생각했던 세상은 내가 다르게 보는 눈을 가지자 기다렸다는 듯 날것의 거친 모습을 보였다. 파도 파도 쓰린 진실이 끝없이 나왔다. 왜 화장을 하지 않는지 왜 머리카락을 자르는지 알면 알수록 더 많은 게 알고 싶어져 미친 듯이 파고들었다. 분명 안식년을 가질 거라 했는데 서울 여기저기를 쏘다니느라 일할 때보다 더 정신없이 지냈다.

엄청난 길치에 방향치인 나는 익숙한 곳을 선호하는 탓에 생활 반경이 집과 회사를 크게 벗어나지 않았는데, 강연을 듣기 위해 처음 가 보는 동네와 낯선 길을 마주하는 건 일상이 되었고 대학 졸업 후 전혀 갈 일이 없었던 대학 캠퍼스도 여러 곳 가 볼 수 있었다. 학생 때도 남의 대학에 방문해 볼 생각은 전혀 못했던 나에겐 신선한 경험이었다. 그때 여러 가지 경험을 해 볼 기회가 없었다면 아직까지 안전가옥으로 삼을 타인을 찾으려 버리고 버려지는 짝짓기 게임을 반복하며 살고 있었을 것 같기도 하다.

닥치는 대로 모아 둔 정보를 정리하며 내 나름대로 기준을 만들기 시작했고 기준이 생기자 두려움에 온통 흐리기만 했던 머릿속이 맑아졌다. '짝짓기 게임'은 안전할 수 있는 방법이 아니라 최악을 피해 차악을 선택하는 행위라는 것을 뒤늦게나마 깨달았다. 위험한 세상에서 나를 지켜 줄 완벽한 타인이 있을 거라는 말은 성립되지 않는다. 이 사실을 알게 되기까지 그 사람이 이상한 거라고, 제대로 된 사람을 만나면 된다는 말에 속아 내가 원한 안전은 없다는 걸 모른 채 누가 더 안전할지 재 보며 마치 나 스스로를 실험실의 생쥐처럼 다뤄 이런저런 실험을 한 셈이다.

내게 필요한 건 부족한 날 완성시켜 주고 불안함을 잠재워 주고 위험으로부터 지켜 줄 결혼이 아니라 자신의 감정을 부정하지 않고 있는 그대로 받아들일 수 있는 단단한 마음가짐이었다. 내 안의 외롭고 불안한 마음은 다른 사람으로 절대 채워지지 않는, 모든 인간에게 주어지는 숙제와도 같은 것이다. 내 마음속 문제의 해답을 남에게서만 찾으려 하니 그 숙제가 나에게 좀 더 어렵게 느껴졌던 것뿐이다. 나를 제대로 들여다보지 않는다면 결혼이라는 법적 제도로 남과 나를 한데 묶는다 한들 잠시 기워 놓는 임시방편일 뿐 나와 평생 함께할 공허함은 해결해 주지 못할 것이 분명했다.

사람은 자신이 모르는 것, 세상에 정의되지 않은 것을 두려워한다. 두려움의 정체를 알아내고 마주하는 건 그것을 극복하는 첫 번째 단계다. 내가 지금 어떤 것을 두려워하는지 제대로 알지 못하면 그것이 가져올 거대한 폭풍에 대비조차 할 수 없다. 어쩌면 나처럼 실제로는 안전하지 않더라도 안전하다고 생각되는 곳을 찾아 스스로를 더 궁지로 몰아갈 수도 있다. 과학과 문명이 이렇게나 발전한 21세기에도 귀신, 외계인, 괴물 같은 것들이 여전히 사랑받는 이유는 사람이 아직 밝혀내지 못한 영역에 대한 두려움과 호기심이 불러일으키는 관심이 크기 때문이다.

단순히 알기만 하는 것이 두려움을 극복하는 유일한 한 가지 방법은 아니지만 이 다음 가야 할 길을 찾을 수 있는 가능성이 생기고, 그때 실체가 없던 두려움은 여러 가지 방법으로 맞서고, 부딪히고, 비껴갈 만한 게 된다. 그동안 쌓였던 질문과 의구심에 대한 해답을 찾아 따라 가다 보니 나에게도 앞으로 가야 할 길이 보였다. 나는 이제 확신한다. 외로움은 한 사람이 부족하거나 모자라다는 증거도 아니며 서둘러 채워야 하는 빈자리도 아니다. 남에게 의존해 나를 치료해 주기를 바라지 않고 스스로의 감정을 돌보는 방법을 배울 차례다.

나를 위한 삶을 살기로 결정한 뒤 바뀌는 건 순식간이었다. 지금까지 상대를 위해 나를 바꾼 것처럼, 나를 위해 나를 바꾸는 건 오히려 더 쉬웠다. 나도 처음부터 비혼주의자고 페미니스트였던 건 아니다. 수없이 많은 변화를 거치며 지금의 모습이 되었고, 비혼이라는 변하지 않을 한 가지 삶의 기준을 가지고 있는 건 미래에서 도사리고 있는 알 수 없는 변화들을 의연하게 기다릴 수 있는 버팀목이 되어 준다.

나는 여전히 귀가 얇지만 결혼하지 못한 사람을 보는 측은한 눈빛이나 안타까워하는 조언 따위는 이제 나를 흔들 수 없다. 결혼만이 정답이라 말하는 눈 가리고 아웅 식의 짝짓기 게임 지옥에서 벗어나 내 안의 외로움과 공허함, 불안함을 나의 한 부분으로 받아들이며 드디어 내 삶을 살아간다.

결혼 신드롬에 빠진 세상을 구하라

나도 유튜버지만 다른 유튜버들의 영상을 장르 구분 없이 꽤 즐겨 보는 편이다. 그런데 보다 보면 여자 유튜버들한테만 유독 달리는 댓글들이 있다. 바로 결혼에 관련된 댓글이다. 내가 즐겨 보는 먹방 유튜버가 방송 도중에 방귀 얘기를 했는데 채팅창에 '님 그러면 시집 못 가요ㅋㅋㅋ'라는 댓글이 올라오는 게 아닌가.

여남을 불문하고 사람이라면 모두 방귀를 뀐다는 절대불변의 법칙을 떠나, 몇십만 명의 구독자를 보유한 대형 채널을 운영하고, 올리는 영상마다 수십만 회의 조회수는 가볍게 기록하는 사람에게 시집을 갈 수 있을지 없을지는 고민할 거리조차 되지 못한다는 걸 모르는 걸까?

수천 명의 시청자와 유튜버에게 어떠한 영향도 끼치지 못하고 사라졌을 뿐인 한심한 댓글을 보고 나니 초등학생 때 엄마 아빠를 따라 자주 봤던 드라마들이 떠올랐다. 신기하게도 모든 드라마의 구성은 기-승-전-결혼이었다. 결혼이 이야기의 완성 같은 느낌이랄까. 고난과 역경을 이겨내고 새까만 턱시도와 새하얀 웨딩드레스를 입은 신랑신부의 모습, 꽃가루가 휘날리는 버진로드를 걸으며 만인의 축복을 받는 화려한 결혼식은 대단원을 장식하는 데에 부족함이 없었다. 결혼이라는 방점이 찍히지 않으면 무언가 2% 부족한 듯 아쉽게 느껴졌다. 인터넷 시청자 게시판을 대강만 훑어봐도 '우리 ○○랑 △△ 얼른 결혼해서 행복하게 살게 해 주세요'와 같은 글들이 대다수였다.

'결혼=행복'이라는 등식이 존재하는 것마냥, 인생을 제대로 살기 위해선 결혼이 필수조건인 듯했다. 특히 평범한 여자가 돈 많은(그러나 성격은 개차반인) 남자에게 선택받아 결혼에 골인하는 신데렐라 스토리는 진부하지만 여전히 유효한 흥행보증 플롯이다.

나는 이러한 현상을 '결혼 신드롬'이라고 부른다. 만약 누군가 이 신드롬에 의문을 품으면 사람들은 마치 결혼을 궁극적인 정답으로 제시하도록 설계되어 있는 로봇처럼 행동한다. 어릴 때, 엄마에게 내 인생계획에 남편은 없다는 것을 말했을 때 엄마는 "니가 아직 뭘 몰라서 그래."라는 말로 일축했고, 그 다짐이 성인이 되고서도 변하지 않자 "좋은 남자 만나면 생각이 바뀔거야."라고 했다.

지금은 "조금만 더 나이 들어봐, 결혼 안 하면 쓸쓸해서 못 살아."라거나 "남녀가 결혼하는 것은 자연의 섭리"라며, 그 섭리를 거스르려 하는 나를 아직도 철이 덜 든 애로 생각한다.

"저 집 첫째 딸은 저 나이 먹고도 아직도 시집을 안 갔다더라. 부모님한테 효도할 생각은 안 하고, 쯧쯧."이라는 소리를 듣기 싫어서인지, 아니면 책임감 때문인지 자식을 결혼시키기 전에는 모부로서의 짐을 다 내려놓지 못한 거라며 내가 언젠가 결혼할 거라는 기대를 버리지 못하고 있다. 아마 그 못마땅한 눈빛과 기대는 최소 향후 10년은 이어질 것 같다.

엄마는 기성세대니까 그렇다 치자. 그렇다고 어느 정도 공감해 줄 거라 생각했던 내 또래들의 반응도 썩 속 시원하지만은 않았다. 친구들에게 결혼하지 않을 거라는 이야기를 하니 한 친구가 내 어깨를 치며 "야, 그런 애들이 제일 먼저 하는 거 알지?"라며 웃었다. 그렇게 친구의 웃음소리와 함께 어깨를 몇 번 맞았을 때쯤 나는 "진짜 안 할 거니까 제일 먼저 갈 거라고 하지 마."라며 선수를 칠 수 있게 되었다. 그리고 지금 그 친구들은 하나둘씩 차례차례 결혼을 하고 있다. 젊은 사람들에게도 비혼이라는 선택지는 그다지 평범한 편은 아니었나 보다.

유튜브에서 이 얘기를 꺼냈을 때, 다른 비혼여성들의 공감 댓글이 폭발했던 게 생각난다. 결혼하지 않겠다는 사람에게 '넌 결국 결혼할거야'라는 말을 하다니, 그건 내 인생 계획이 결국 망할 거라고 대놓고 이야기한 것이나 마찬가지다. 무슨 그런 무례한 저주가 다 있냐고 에이와 함께 격분했었다 (그 격분을 고스란히 담아 우리의 네 번째 유튜브 영상 〈비혼이라고 하면 듣는 빻은 말들〉이 탄생했다).

직장에서 내 가치관과 관련된 이야기는 최대한 피하려고 하지만, 어쩔 수 없이 결혼에 별로 뜻이 없다는 생각을 내비치게 될 때가 온다. '에스 씨 정도면 괜찮은데 왜……' 아깝다는 뉘앙스로 말끝을 흐리며, 본인은 칭찬이랍시고 이런 말을 건넨다. 그 속에는 결혼은 하지 않는 것이 아니라 '못'하는 것, 결혼을 하지 않는 사람은 어딘가 흠이 있거나 모자란 사람이라는 인식이 깔려 있다.

나도 내가 아주 괜찮은 사람인 거 안다. 그러나 내가 자기계발을 하고 내 몸을 돌보고 스펙을 키우는 것은 나의 경쟁력을 높이고 미래를 설계하기 위해서지, 결혼시장에 나를 높은 값으로 내놓기 위해서가 아니다. 오히려 능력 있고 괜찮은 사람이니 혼자 내 인생을 오롯이 즐기는 게 더 효율적이지 않냐고 반문하고 싶다.

아직도 결혼이 정답이라는 굳은 믿음하에 결혼하지 않는 것을 부족한 인생이라고 생각하는 사람들이 많다. 내가 어떤 인생관을 가지고 어떤 자세로 삶을 살아 나가는지는 그들에게 중요하지 않다. 그저 비혼을 선택했다는 이유만으로, 내 인생은 그들이 보기에 시작부터 오답인 거다.

한편 비혼 관련 기사들을 보면 댓글창에는 꼭 '이기적인 것들'이라는 말이 빠지질 않는다. 대체 뭐가 이기적이라는 건가. 감히 여자가 결혼도 안 하고 혼자 잘 먹고 잘 살겠다고 해서? 한국 사회에서 비혼 여성은 자신도 모르는 사이 모자란 사람이 되었다가, 이기적인 사람이 되기도 한다.

이런 반응들을 겪다 보니, 막상 결혼을 하지 않겠다고 하면서도 마음 한편에는 막막함이 도사리고 있었던 것 같다. 나이가 쌓이고 잦아지는 주변 친구들의 결혼 소식 속에서, 그들이 말한 것처럼 내 인생이 어딘가 뒤떨어지게 될까 봐 무서웠다. 일단 미래에 어떻게 살 건지를 그려 볼 때면 바로 떠오르는 이미지가 없었다. 결혼을 하지 않고 '혼자서 잘 먹고 잘 사는' 여성을 볼 기회가 없었기 때문이다. 미디어나 책에 나오는 혼자 사는 여성은 모두 괴팍하거나 히스테리를 부려서 주변에서 기피하는, '어딘가 이상한' 여자로만 그려졌다.

그런데 반혼을 선언하고 6년차에 접어든 지금, 내 인생은 뒤처졌을까? 아니, 전혀! '자연의 섭리'와 '정답'에서 벗어날 거라고 당당하게 선언한 지금 나는 불행하지도, 쓸쓸하지도 않다. 오히려 주변 여성들과 함께 나 자신을 돌보며 알찬 인생을 보내고 있다. 어떻게 하면 나에게 좋은 것을 먹일지, 내게 맞는 집은 어떤 형태일지, 좀 더 즐겁게 돈을 벌 수 있는 방법은 없을지 등을 고민하며 말이다. 오로지 나 자신에게만 집중하면 된다는 큰 차이점을 제외하면 남들과 똑같다.

그리고 이제 더 이상 나의 40~50대, 그 이상이 무섭지 않다. 혼삶비결을 운영하면서 곳곳에 숨어 있는 40대 비혼 여성들을 많이 마주쳤기 때문이다. (당연하지만) 놀랍게도 여자가 결혼하지 않고 40대가 되어도 아무 일도 일어나지 않는다! 물론 50대, 60대가 되어도 마찬가지일 것이다. 요즘 각종 예능 프로그램을 넘나들며 그 어느 때보다도 활약하고 있는 개그우먼들의 당당한 모습도 내 미래를 그리는 데에 일조했다.

모두 그 길로 가면 큰일이라도 날 것처럼 말하던 길에 막상 들어서 보니, 두려울 것은 하나도 없었다. 어렸을 적 보던 드라마에서처럼 결혼으로 끝나지 않아도 이야기는 충분히 해피엔딩일 수 있다. 아니, 내 이야기는 결혼으로 마무리되는 해피엔딩이 아니라, 혼자 잘 살기 위한 비법들로 가득한 혼삶비결(祕訣)의 빈 장을 채우며 나아가는 끝없는 이야기다. 결혼을 하는 것은 당연하지 않다. 결혼을 하지 않는 쪽이 훨씬 더 자연스럽다. 그 선택을 하지 않는 당신은 전혀 이상한 사람이 아니다.

'비혼'은 십여 년 전만 해도 생소한 단어였지만 지금은 많은 사람들에게 꽤나 익숙해졌다. 그러나 아직 국어사전에 정식으로 등재되지는 않은 단어이다. 이 원고를 작성하는 지금도 비혼이라는 단어를 사용할 때마다 맞춤법 검사기가 미혼으로 바꿔 작성하길 권하고 있다. 하지만 나와 에이는 여기서 한 술 더 떴다. 왜 결혼이 디폴트고 우리가 비정상인 사람이 되어야 해? 결혼 안 하는 게 더 자연스러워! 그래서 유튜브 채널명에도 '혼자 가는 삶, 비켜라 결혼주의자들아!'라는 문구가 들어간다. 비혼주의자라는 단어만 듣다가 결혼주의자라는 단어를 쓰니까 생경하지 않은가? 단어 하나만 바꿔도 이렇게 생각의 전환이 일어난다.

얼마 전, 산책하러 자주 가는 공원에 핑크뮬리가 피어 있는 것을 보았다. 바람에 살랑살랑 흔들리는 모습과 부드러운 빛깔과는 달리 번식력과 생존력이 강해 생태계 교란 2급식물로 지정되어 있다고 한다. 문득 '생태계 교란'이라는 말에 남 일 같지 않은 동질감을 느꼈다. 그렇다면 나는 몇 급정도일까…… 아마 1급 중에서도 특별 관리감시대상 아닐까.

내가 생각하는 납득 가능한 세상을 상상해 본다. 여자들이 다른 사람에게 내 인생의 주도권을 맡기는 대신 내가 하고 싶은 일들로 자신들의 미래를 그리는 세상을. 똑똑한 여자들이 부와 권력을 쥐고, 오래도록 함께 하고 싶은 사람들과 자유롭게 공동체를 이루어 사는 모습을. TV를 틀면 결혼으로 끝나는 드라마가 아닌, 과거에 존재했던 결혼이라는 풍습에 대해 인권유린적인 제도였다고 소개하는 다큐멘터리가 나오고 나는 그것을 보며 신기해하다 화내는 상상을 한다.

결혼 신드롬에 빠진 이 세상을 구출하고 싶다. 오 신이시여, 비혼의 신이 있다면 그것은 이 세상을 살아가는 여성 전부일 것이라 믿는다. 점점 깨어나고 있는 여성 개개인이 이세상을, 여성들을 구할 것이다. 그 여성들은 어딘가 모자라고 이기적인 여성들이 아니라 자신만의 길을 개척해 가는 사람들이다. '혼삶'을 택한 여성 한 명 한 명의 인생 자체가 결혼 신드롬을 정면으로 반박하는 증거가 될 것이다. 그리고 그 힘은 마침내 비혼이라는 단어조차도 필요 없는 그런 세상을 만들 것이다.

미혼이 아니라 비혼입니다

(에이)

　　　　　　　　　　한자로는 아닐 비에 혼인할 혼을 사용해 '非婚'으로 쓰는 비혼이라는 단어는 국어사전에 따르면 이런 뜻을 가진 단어다. '결혼하지 않음. 또는 그런 사람'. 즉, 단순히 결혼하지 않은 상태 또는 결혼하지 않은 사람을 뜻한다. 이는 미혼의 '아직 결혼하지 않음. 또는 그런 사람'이라는 설명에 아직이라는 단어 하나만 떼냈을 뿐이다. 비혼이라는 단어 어디에도 어떤 이유로 결혼을 거부한다거나 앞으로도 결혼은 절대 하지 않을 것이라는 느낌은 들어 있지 않다.

　　그래서일까? 비혼이라고 하면 "사실 못 하는 거 아냐?"와 "야, 그런 애들이 제일 빨리 가더라!"와 같은 말을 흔히 듣는다. 비혼을 단순히 '결혼하지 않은 상태'로 이해하는 세상의 인식을 그대로 드러내는 말이다.

사실 나도 "야, 그런 애들이 제일 빨리 가더라."라는 말을 한 적이 있다. 할 수만 있다면 과거로 돌아가 내 멱살을 잡고 짤짤 흔들어 정신 차리라고 혼내고 싶은 그 시절, 비혼이 뭔지도 모르던 나는 세상의 편파적 인식 그대로 비혼을 받아들이고 있었다. 하지만 비혼주의자가 된 지금 내가 사용하는 '비혼'이라는 단어에는 가부장제의 꽃인 결혼을 보이콧하고 한 명의 여성인 나 스스로 주체적 삶을 살겠다는 의지가 더해졌다. 보이콧을 하는 데에도 셀 수 없이 많은 이유가 있지만 세상엔 아직 그 뜻이 전달되지 않아 농담과 비아냥 섞인 말들이 아무렇지 않게 나를 할퀴고 지나간다.

이직을 위해 쉬던 기간 동안 나는 비혼 결심을 단단히 굳히게 됐고 유튜브까지 시작하게 됐다. 짧고 강렬하게 불타올랐던 백수생활을 청산 후 처음 입사했던 회사에서 유튜브를 운영한다는 사실을 들킨 적이 있다. 부업을 한다는 걸 알려서 좋을 것도 없고, 반 이상이 기혼이고 나머지는 결혼주의자로 구성된 회사에서 비혼주의를 내세운 채널을 운영한다는 게 알려져 봤자 회사 생활이 피곤해질 뿐이란 걸 어렴풋이 알고 있었다. 평화로운 회사생활을 위해 아웃사이더를 자처하며 원래 말 없는 척, 모든 주제에 관심 없는 척 조용히 지내던 때였다.

매주 수요일마다 있었던 점심 회식 날, 그날따라 평소 가던 넓은 식당이 아닌 좁은 동네 칼국숫집 전체를 우리 팀이 전세 낸 듯 꽉 채워 앉게 되었다. 점심시간이란 지친 회사원들이 업무를 잊고 최대한 즐거운 이야기를 하고 싶은 시간이다. 그날 역시 다른 여러 이야기를 거쳐 어쩌다 보니 비혼이라는 주제가 나왔고 그때부터 영 불안하던 대화는 흐르고 흘러 팀장님, 옆자리 선임님, 뒷자리 매니저님이 너 나 할 것 없이 다 같이 휴대폰을 들고 동시에 유튜브에 비혼을 검색하는 지경에 이르렀다.

유튜브를 시작한 지 얼마 되지 않았을 때지만 종종 비혼을 검색해 보면 우리 채널이 꽤 상위에 노출되곤 했다. 그렇다면 분명 검색 결과에 나올 텐데 팀원들 반응이 어떨지, 내가 어떻게 대응해야 할지 아무런 생각이 나지 않았다. 평화롭게 공짜 점심 먹을 생각만 하다 갑자기 엄청난 위기 상황이 들이닥친 것이다. 게다가 채널이 들켰던 날은 하필이면 〈결혼은 자발적 노예 짓이다〉라는 강렬한 제목으로 영상이 올라간 직후였다. 당시 구독자 6천 명 정도였던 우리 채널은 당연히 너무 쉽게 발견되었고 조용했던 식당은 발칵 뒤집어졌다.

단숨에 그동안의 노력이 헛수고가 돼 버렸다. 사람들은 질문을 쏟아내기 시작했다. 썸네일을 가리키며 원래 이렇게 잘 웃는 사람이었냐, 이렇게 말 많이 하는 거 처음 본다, 언제부터 했냐, 같이 하는 친구랑은 어떻게 알게 된 사이냐 등등 정신없이 몰아치는 질문들 속에 벌게진 얼굴로 대답하던 내 머리를 강하게 때리고 간 말은 "이런 거 하기엔 아직 이르지 않나?"였다. 내 활동을 그저 가볍고 재미있는 가십거리로 다루는 듯한 많은 질문들을 웃어넘겼지만 비혼 같은 걸 하기엔 아직 이르지 않냐는 그 말만은 뇌리에 박혀 며칠 동안 속에 뭔가 얹힌 듯 가슴이 답답했다. 내가 비혼을 결심한 게 아직 덜 살아 봐서, 세상을 잘 몰라서 하는 거라 무시하는 말에도 그저 웃어넘긴 스스로에게 실망스럽기까지 했다.

기혼 비율이 훨씬 높은 회사에서 모난 돌이 되고 싶지 않다는 두려움과 비혼에 대한 내 생각을 어디서부터 어떻게 말해야 할지 모를 막막함 때문에 어쩔 수 없었다는 변명을 생각해 봤지만 전혀 위로가 되지 않았다. 비혼을 바라보는 세상의 이상한 눈초리가 잘못됐다며 유튜브를 통해 정면으로 도전장을 내밀어놓고 정작 내 앞에 들이닥친 상황에서는 대답을 똑 부러지게 하지 못한 게 못내 자존심 상했다.

그 뒤로도 잊을 만하면 들려오는 배려 없는 질문과 한없이 가벼운 평가들에 신경이 쓰였다. 첫 단추를 잘못 꿰어 계속 웃어넘길 뿐이었지만 정말 이게 최선의 방법인지, 혹여나 내 뒤에 오고 있을 비혼 여성을 위해 몇 마디 말이라도 꺼내 인식을 조금씩이라도 바꿔야 하는지, 그럴 경우 내가 이 회사에서 받을 부당한 처사는 없을지…… 질문한 사람은 생각해 보지도 않았을 심오한 고민은 늘 나 혼자만의 몫이었다.

결혼이 인생 계획의 필수 코스인 사회에서 비혼을 결심한 사람은 특이한 사람이 된다. 비혼인 한 사람이 들어 왔고, 듣고 있고, 앞으로 들을 모든 질문, 의심, 무시, 혐오들은 결혼주의자들의 생각보다 훨씬 많다. 그것들은 무지의 가면을 쓴 채 인생의 정상 선로에서 벗어난 비혼인을 물어뜯고 흔들어 댄다. 나는 왜 이런 고민을 해야 될까.

세상은 결혼한다는 사람에게 "왜 결혼하세요?", "그거 다 어려서 멋모르고 하는 거야. 혼자 사는 재미를 몰라서 그래.", "사실 결혼하기 싫었는데 억지로 하는 거 아냐?"라는 말은 절대 용납지 않으면서 비혼주의자에겐 아무렇지도 않게 내 결심을 부정하는 말들을 쏟아낸다.

사람들이 생각 없이 건네는 말로 내 인생관은 어딘가 부족하거나 결혼 못 하는 걸 숨기려 포장하는 변명 정도로 치부되고 이내 상처가 된다. 그런 눈초리가 싫어 가끔은 비혼이라고 말하기보단 혼자 사는 게 편하고 하고 싶은 일이 너무 많아 결혼 생각이 없다는 식으로 말하곤 한다. 그러면 사람들은 마치 자신이 나의 결혼 및 비혼 결정을 허락할 권리라도 갖고 있는 것처럼 굴며 흔쾌히 내 결정을 인정해 주고, 그 순간 나는 내 인생을 멋지게 설계하는 열성 청년이 된다. 자신의 기준을 넘지 않는 선 안의 대답으로 얄팍한 호기심만 채우면 되니 애초에 남의 인생계획에 대한 이해와 존중 같은 건 없다.

아무리 정답 없는 질문들이 꼬리를 무는 게 삶이라지만 타인의 생각 없는 질문들로 내 삶이 마구 휘저어지는 건 용납하면 안 된다. 스스로 내 삶에 대한 고찰을 하는 것과 남들이 나를 고민하게 하는 것은 차이가 크다. 나에 대한 남들의 스스럼없는 평가와 질문을 기반으로 고민하다 보면 그 틀 안에 맞지 않는 자신이 이상하게 느껴진다. 특히 결혼이나 비혼 문제에 대해서는 여러 사람이 비슷한 질문을 던지는데, 만약 주변에 다른 비혼인이 없이 고립되어 있다면 결혼주의자들 사이의 내가 마치 시대의 흐름에 역행하는 이방인처럼 느껴지기 마련이다.

결혼하지 않겠다고 가족들에게 처음 말한 게 언제인지 정확히 기억나지 않지만 그때는 지금과 같은 비혼은 아니었다. 결혼주의자로 살아오면서 내가 겪은 모든 남자들에 지쳐 남자는 이제 필요 없다고, 제일 친한 친구와 결혼할 거라고 선언했다. 집에선 들을 가치도 없다는 듯 그래라 하며 가볍게 웃어넘겼다. 결혼을 아예 안 한다는 선택지는 생각지도 못했을 시절 친구와 결혼한다는 선언은 한 번 사는 인생, 어떤 모양으로든 결혼이라는 그림을 완성해야 한다는 생각에 떠올린 마지막 대안이었다.

내 삶의 디폴트 값을 비혼으로 정한 후에도 가끔씩 결혼은 꼭 해야 한다며 조용히 얘기하던 엄마도 몇 년이 지나자 더 이상 재촉하지 않지만 나를 결국에는 결혼할 사람으로 보는 게 느껴진다. 어릴 때부터 빨리 결혼해서 집 나갈 거라고, 남자친구만 생겼다 하면 결혼한다던 애가 하루아침에 결혼 같은 거 왜 하냐고 분노한다면 미덥잖게 보일 것 같긴 하다. 은근하게 계속되는 기대에도 나는 굳이 가족의 인정을 받거나 압박을 극복하려 하지 않는 것으로 내 의지를 보이고 있다.

결혼하기 위해 노력하는 삶은 마치 양손에 무게가 다른 추를 들고 외줄을 타는 것과 같았다. 행복한 가정 속의 내 모습을 꿈꾸다가도 결혼을 하면 남편을 따라 사는 곳을 옮기게 되진 않을까, 아이를 낳는다면 직장은 계속 다닐 수 있을지, 쉬었다 복귀한다면 어떤 일을 하게 될지…… 줄줄이 딸려오는 고민들에 다시금 불안해지는 것이 반복됐다. 하지만 양손에 든 것을 버리고 외줄에서 내려오자 새로운 가능성이 보였다. 이제는 익숙하게 상상했던 행복한 가정에 안주하고 있는 내 모습 대신 세상에 나가 구르고 깨지더라도 내가 하고 싶은 일을 하는 내 모습을 상상하며 미래에 대한 기대를 차곡차곡 쌓는다.

내 삶을 잘 살기 위해 쏟을 에너지를 다른 곳에 낭비할 수 없기에 가족이든 타인이든 사람들이 내 삶에 대해 이야기하는 것은 한 귀로 듣고 한 귀로 흘리며 혼자 잘 살기로 했다. 아직 실낱 같은 희망을 붙잡고 있는 엄마에게, 내 결정을 아무렇지 않게 부정하던 이들에게 앞으로 10년이고 20년이고 비혼주의자로 잘 사는 내 모습을 보여 주며 결혼하지 않아도 잘 살아갈 수 있음을 증명해 보일 것이다. 머지않은 미래에는 더 이상 여성이 결혼 관련 질문을 듣지 않아도 되고, 내 선택이 결혼만큼이나 당연히 존중받을 수 있는 사회가 되어 있지 않을까?

디폴트: 몸

나는 더 이상 내 몸이 날씬한지 뜯어보지 않는다.

내 가슴을 크게 보이려고 딱 붙는 브래지어를 입고 올 일도 없다.

팔다리를 원하는 대로 쫙쫙 뻗을 수 있는 옷을 입고

훨씬 자유롭게 살고 있다.

늘 타인이 쥐고 있었던 내 몸의 주도권을 드디어 되찾았다.

이젠 자유로워진 몸으로 클렌징티슈 한 장에 지워질 권력 대신

더 높은 것, 진짜 권력을 향해 힘껏 달려 나갈 것이다.

꾸미면 기분이 좋거든요

어려서부터 엄마는 내가 눈이 작아서 쌍꺼풀수술을 해야 한다고 했다. 그리고 어릴 때 손가락을 하도 빤 탓에 앞니가 튀어나오고 고르지가 않아서 교정까지만 하면 딱 예쁠 거라고 했다. '쌍꺼풀수술과 치아 교정이 필요함' 그게 내 외모에 대한 첫 인식이었다. 수능이 끝나자마자 엄마는 나를 성형외과로 데려갔다. 아무 생각 없이 따라나섰다가 마취까지 해야 한다는 말을 듣고 겁을 먹은 내게, 엄마는 나중엔 당신에게 고마워할 거라고 했다.

그리고 몇 년 후, 치아 교정을 했다. 단순한 미용 목적이었다. 약 3년이라는 시간 동안 매월 치과를 오가며 입안을 찔러 크고 작은 상처를 만드는 교정기와 싸웠다. 그 당시 내 입안은 유혈 사태가 끊이지 않는 전쟁터였다. 내가 쌍커풀수술과 교정을 하고 나타나니 친척 어른들은 하길 너무 잘

했다며, 예뻐졌다고 했다. 그러나 그들은 쌍커풀도 없고 나보다 더 이빨이 삐뚤빼뚤한 사촌 남동생에게는 아무런 말도 하지 않았다.

　외모에 심드렁했던 것과는 달리, 나는 옷이나 내 방, 친구들의 학용품까지 눈에 보이는 모든 것을 더 보기 좋게 바꾸어 주는 데에 지대한 관심을 가지고 있었다. 집에 엄마가 없을 때면 '몰컴'을 하며 포토샵 독학으로 나만의 홈페이지를 만드는 데에 열정을 쏟았다. 그렇게 내 꿈을 디자이너로 굳혔고—물론 엄마의 엄청난 반대가 있었다—매일 밤 내가 입학하고 싶은 미대의 자유로운 캠퍼스 풍경을 그리며 잠들었다. 그리고 마침내 입학하게 된 미대의 풍경은, 내가 그려 왔던 바로 그것이었다. 우리 단과대 건물에는 항상 독특한 스타일을 자랑하는 동기들과 선후배들로 가득했고 벽에 붙은 작품들을 따라 강평을 기다리는 학생들로 주루룩 늘어선 과 복도는 매일매일이 런웨이 같았다.

　머리 스타일도, 색도 다양해서 빨주노초파남보, 무지개 색에 맞춰 줄 세우는 것쯤은 어려운 일도 아니었다. 그중에서도 나는 '옷 많은 애'로 손꼽혔다. 잘 꾸미는 애. 유별나게 옷 많은 애. 그게 나에 대한 평가였다.

거의 매일 사들이는 옷에 자취방에 있던 행거가 무게를 견디지 못하고 무너졌던 적도 있고, 까마귀처럼 한번 모은 건 버리지를 못하는 맥시멀리스트라서 이사할 때마다 이삿짐 나르는 분들에게 "옷이 왜 이렇게 많아요?"라는 소리를 항상 들었다. 사는 집의 넓이에 비해서 가지고 있는 옷들이 감당이 안 돼서 주기적으로 친구들에게 '랜덤박스'를 만들어 팔기까지 했다. 3만 원, 5만 원 등 정해진 금액을 받고 그보다 값이 나가는 만큼의 옷을 랜덤으로 담아 주는 것이었다.

그렇게 해도 정리가 안 돼서 나와 비슷한 처지(?)의 친구들 몇과 함께 안 입는 옷을 처분하기 위한 플리마켓에도 여러 번 나갔다. 이렇게 옷 때문에 고생하면서도 나는 필요하지 않은 옷들을 계속 사고 버리고를 반복했다. 특이한 옷을 입고 그 옷에 맞는 신발과 가방, 악세서리를 고르고 화장과 머리까지 풀 세팅하는 것이 너무 즐거웠다. 꾸민 내 모습을 보면 그 어떤 방법보다도 빠르게 '기분이 좋아졌다'.

사회인이 되고 월급을 받으면서는 코덕(코스메틱 덕후)질을 시작했다. 옷을 모았던 것처럼, 화장품도 모으기 시작했다. 셀프로 나의 퍼스널컬러를 진단해 본 결과, 나는 '봄웜(정확히는 봄라이트)' 톤이기 때문에 한국의 색조화장품에는 내 피부톤과 이미지에 어울리는 것들이 없다는 결론이 나왔고, 급기야 한국에서 팔지 않는 외국 브랜드의 화장품까지 사 모으기 시작했다. 일본에서 한정판 새도우 팔레트가 출시됐다는 소식에 여행을 핑계로 비행기 티켓을 끊은 적도 있다.

나의 장식 욕구가 거기서 그쳤다면 좋았으련만……. 미용 관련된 회사를 다니면서 서서히 '살 빼고 여신 됐다'는 다이어트 성공신화에 익숙해졌다. 귀가 솔깃했다. 체질적으로 허약하게 태어나 늘 저체중으로 살아왔지만 '여신'이라는 단어는 은근히 유혹적이었다. 살면서 한번도 식단 조절이나 운동을 해 본 적이 없었기에 조금만 덜 먹고 조금만 더 움직이니 3~4kg이 쉽게 빠졌다. 아이돌 같다는 소리를 들었다. 친구들과 술을 마시러 가면 남자들이 번호를 물어보거나 다가오는 횟수가 늘었고, 친구들은 그런 나를 부러워했다.

'경험 삼아 한번쯤 해 보지 뭐!'라며 시작했던 다이어트는 어느새 내 삶의 큰 부분을 차지하게 되었고, 나는 미용체중을 유지하기 위해 매일매일 운동을 하고 하루에 먹는 칼로리를 계산하기 시작했다. 몸이 더 드러나는 옷을 입기 시작했고, 친구와 함께 필러나 보톡스를 맞으러 갔다. 내 몸과 얼굴의 생김새에 이전 그 어떤 때보다도 신경 쓰기 시작했다. 나를 아래위로 은근슬쩍 훑어보는 남자를 만나면 욕을

꾸미면 기분이 좋거든요

하면서도 내심 우쭐했고, 모두가 찬양하고 부러워하는 대상이 되는 것도 나쁘지 않은 경험이었다. 주변 여자들에 비해 나만 한층 업그레이드된 느낌에 어깨가 으쓱해졌다. 처음엔 그랬다.

그런데 희한하게 외모에 대한 칭찬을 받으면 받을수록 점점 불행해졌다. 살을 빼고 시술을 해서 얻은 권력이었기에 삐끗해서 이 상태를 유지하지 못하면 이 달콤한 베스트셀러 상품 매대에서 가차 없이 내쳐질 걸 너무나도 잘 알고 있었다. 거울 앞에 서면 내 얼굴과 몸에서 못난 부분만 보였고, 자존감은 점점 내려갔다. 왜 마르면서 동시에 가슴은 클수 없는걸까. 그래도 어깨는 좁아서 다행이야, 여리여리해 보이니까. 코는 원래 높은 편이지만 그래도 조금 더 매끈했으면 좋겠으니까 코필러도 맞아야지. 다리는 다 괜찮은데 종아리가 좀 두꺼워, 종아리 보톡스 맞으러 가자.

가슴이 더 커 보인다는 브래지어를 입고 나간 날, 쇼핑몰 한복판에서 운 적이 있다. 너무 조여서 숨을 쉬기도 힘들고 갈비뼈가 너무 아픈데 달라붙는 옷을 입고 있어서 벗을 수도 없었다. 어쩌다 한 번 많이 먹은 날은 심각한 죄책감에 시달렸고 토하고 싶어졌다.

매일매일 새로운 기준이 생겼다. 외모가 점점 나의 유일한 가치가 되어 가고 있었다.

그래서 나는 기준을 버리기로 했다.

가위를 들고 화장실로 직행했다. 이 순간을 남기고 싶다는 생각에 카메라도 켰다. (아직도 그 영상을 종종 꺼내 보곤 한다.) 내 긴 머리를 하나로 묶고 한 움큼 잡히는 그 머리를 싹둑 잘랐다. 묶은 상태로 자르면 삐뚤삐뚤 이상할 테지만 그런 건 이미 중요하지 않았다. 아직도 머리칼이 잘려 나갈 때의 그 흥분을 잊지 못한다. 몇 달 더 망설이다 귀 바로 밑까지 머리를 자르러 갔다. 미용실 의자에 앉아서도 한참을 망설였던 기억이 난다.

내 인생의 반 이상을, 심지어 잘 때도 하고 잤던 브래지어를 벗었다. 허벅지가 예쁘지 않다는 이유로 고집하던 치마도 버렸다. 대신 통이 넉넉하고 허리가 조이지 않는 바지를 샀다. 질염이 없어졌다.

하지만 여전히 화장은 그만두지 못했다. 심지어 투블럭 머리를 하고도 화장을 한 적이 있다. 언제나 '예쁨'을 유지했던 나를 기억할 주위 시선이 두려웠기 때문이다. 어느 날 화장을 마치고, 나도 모르게 '예뻐 보이는' 표정을 지으며 한참을 셀카에 열중하고 있다는 걸 깨달았다.

예쁨에서 벗어나기 위해 머리를 잘랐는데, 또 다시 화장해서 예쁜 나를 감상하고 있었다. 이대로 가다가는 머리를 기르고 손바닥만 한 옷을 입고 다시 인형으로 돌아가는 건 시간문제일 것이란 두려움이 나를 덮쳤다. 늘 크롭티에 짧은 치마, 풀세팅한 긴 머리와 화장으로 만나던 친구들과의 약속에 쌩얼에 투블럭으로 나간 날. 비로소 껍질 하나를 깨고 나간 기분이었다. 하고 나니 아무것도 아니었다. 오히려 뒤집어 썼던 껍질을 벗고 진짜 나로 돌아간 느낌이었다.

탈코르셋을 한 이후로 이사를 총 두 번 했는데 버려도 버려도 옷과 화장품이 계속 나왔다. 리빙박스 틈새, 겨울코트 안 주머니 등 곳곳에서 립스틱, 틴트, 섀도우들이 발견됐다. 우리 아파트 의류수거함은 내가 다 채운 것 아닐까 하는 우스갯소리를 할 정도로 많은 양의 옷을 정리했다. '우리 집에 이런 게 아직도 있었단 말야?' 나와는 이제는 너무나도 어울리지 않는 모양새와 장식들에 경악한 표정을 하고 그것들을 버려야 했다.

옷은 기본적으로 몸을 보호하고 활동성을 높여 주기 위한 것일진대, 팔도 하나 제대로 들지 못하고 허리도 마음대로 못 숙이는 것이 마치 포장용 껍데기들 같았다. 미처 못 버린 화장품들은 탈코르셋 영상에서 찢고 뜯고 부쉈다. 모아 놓고 보니까 내 얼굴과 입술에 올라갔을 반짝거리는 글리터와 선명한 색의 립스틱들이 더 이상 예뻐 보이지 않고 그저 색색깔의 화학물질들로 보였다.

과거의 나를 되돌아본다. 나 자신을 미워하면서도 다이어트를 하고, 성형을 하고, 화장과 포토샵에 매달리게 한 동력은 무엇이었을까? 타인에게 인정받는 삶은 마치 내가 힘을 쥔 것처럼 느껴진다. 정작 그 '인정을 할 수 있는 능력'이 진짜 권력인 줄 모르고. 외모와 같이 유한한 자원이라면 그 선택권은 정말 쉽게 내 손에서 빠져나갈 텐데 말이다.

흔히들 남자는 재력, 여자는 미모라고들 한다. 여자 나이는 크리스마스 케익이라며, 스물 다섯 살부터 나이로 겁을 주기 시작해서 서른 살만 되어도 "만나는 남자는 없어?", "예쁠 때 얼른 시집가야지."라는 소리가 나온다. 한 마디로 '늙으면 안 팔린다'는 거다. 하지만 우리가 간과하는 것이 있다. 능력이나 커리어는 시간이 지날수록 쌓이지만 여성의 외모자본은 시간이 지나면 없어진다는 것이다.

타인에게 인정받을 만한 '예쁨'을 유지하기 위해서는 끊임없이 밑빠진 독에 물을 부어야 한다. 아무것도 하지 않아도 시간이 흐름에 따라서 빼앗기는 것이 어떻게 재력과 동등한 선상에서 비교될 수 있는 가치란 말인가. 나는 화장을 하고 매일 다른 옷을 입는데 내 남자친구, 남동기들은 매일 똑같은 옷차림에, 옷 몇 벌을 돌려 입었다. 내가 몇 시간에 걸쳐 화장을 하고 머리를 다듬는 동안 그들은 약속시간 10분 전에 일어났다. 외모는 권력이 아니다. 클렌징티슈 한 장에 지워질 권력은 권력이 아니다.

나는 더 이상 예쁘다는 소리를 듣지 않는다. 날씬하다는 소리도 듣지 않는다. 그런데 이전의 삶에 비하면 너무 자유롭고 행복하다. 더 이상 수십 장의 셀카를 찍곤 더 갸름하게 보이기 위해 포토샵도 하지 않는다. 사진이 찍히면 찍히는 대로 본다. 블랙헤드를 가리려고 파우치 속 컨실러를 죽어도 포기 못하던 내가 이젠 왕뾰루지가 나도 그냥 그러려니 한다. 과거의 내가 화장을 하지 않았다는 이유로 어딘가에 가지 못하고, 집 앞 편의점에도 모자를 쓰고 갔었던 것을 떠올리면 새삼 놀랄 때가 많다. 남자친구가 집 앞에 찾아왔을 때의 화장법을 찾아볼 필요가 없어서 얼마나 다행인지!

눈이 작아도, 이가 삐뚤빼뚤해도, 종아리가 두꺼워도, 가슴이 작아도, 억지로 웃지 않아도, 상냥하지 않아도 나는 그

낭 나다. 그 사실을 아는 데에 너무 오래 걸렸다. 더 많은 여자들이 자신을 학대하기를 멈추고 있는 그대로의 자신을 아꼈으면 좋겠다. 코르셋을 벗은 삶은 이전과는 비교도 안 될 만큼 너무너무 편하니까. 아, 물론 건강은 덤이다!

탈옥의 끝은 순정

에이

          고등학교 1학년 때 일이다. 나를 몰라볼 정도로 예쁘게 변신시켜 주겠다는 큰 목표를 가진 친구들에게 끌려가 화장, 컬러렌즈, 드라이기와 고데기를 처음 접했다. 나를 두고 어떤 스타일이 더 잘 어울릴지 옷까지 여러 벌 준비한 친구들의 열정적이고 와자지껄한 시간이 지나고 완성된 내 모습은 어색했고 어딘지 모르게 불편했지만 처음 들어 보는 칭찬들이 쏟아지자 '아, 이게 예쁜 거구나. 예쁘면 기분이 좋은 거구나.' 싶었다. 하지만 친구들의 노력에도 불구하고 고등학교 3학년이 될 때까지 꾸미는 데엔 영 관심이 생기지 않았고 외적인 것 중에서 내가 유일하게 신경 쓰는 건 허리까지 내려오는 긴 머리카락이었다.

    내가 다닌 고등학교는 파마와 염색은 불가능했지만 머리카락 길이에 대한 규정은 없었다. 그런데 무려 3학년 2학기,

졸업을 고작 몇 달 앞둔 시기에 머리 길이에 대한 규정이 생겨 버렸다. 새로 생긴 규정에 따르면 내 머리카락은 당장 잘려야 마땅했다. 이런 날벼락이 있나! 나는 내 찰랑거리는 긴 머리를 좋아했고, 왜인지는 모르겠지만 엄마도 좋아했고, 쉬는 시간마다 내 머리카락을 가지고 놀던 친구들도 좋아했다. 몇 달만 몰래 버티면 된다는 생각에 묶은 머리카락을 체육복 속에 숨기며 열심히 도망 다녔지만 먼저 자진해 머리를 잘랐거나 잘린 친구들이 이 반역자를 가만둘 리 없었다. 결국 난 학생부에 불려 갔다. 내 머리를 사수하고 싶어 했던 엄마가 학교에 전화까지 했지만 규정은 규정이었다.

어디서 솟아났는지 모를 반항심에 숏컷으로 머리를 뎅강 자른 뒤 나는 우울감에 시달렸다. 등 뒤에 계속 머리카락이 있는 듯했고 다른 사람이 실수로 버스 의자 손잡이와 함께 내 머리카락을 잡아 따끔했던 느낌과 바람에 휘날리는 머리카락의 기분 좋은 흔들림, 편두통이 도질 때면 머리카락이 날 지하 끝까지 끌어내리는 듯 두피와 목덜미가 얼얼했던 느낌까지 생생했다. 방치했을 뿐이지 혼자 길었다고 생각한 머리카락을 내가 얼마나 소중하게 여겼는지 그때 알았다.

그 뒤로 다듬지 않고 죽죽 기른 머리카락은 대학교 졸업반이 됐을 때 다시 허리까지 오는 긴 머리가 되었다. 머리카락이 그렇게 자랄 동안 꾸미는 걸 불편해했던 고등학생은 눈 화장과 컬러렌즈 없인 창피해서 바깥에 나가지도 못하는 대학생이 되었다.

컬러렌즈를 처음 끼고 좋았던 건 삼백안이 가려지는 것이었다. 째려보는 것으로 오해를 많이 받아 콤플렉스였던 내 눈은 컬러렌즈 착용과 눈 화장으로 간단히 커버되었다. 컬러렌즈와 눈 화장의 도움을 받아 콤플렉스를 극복했다는 생각도 잠시, 눈 화장을 시작하니 피부 톤이 죽어 보여 피부 화장에 파운데이션을 추가했다. 파운데이션을 바르니 다크서클과 주근깨가 눈에 띄어 컨실러를 덧발랐다. 피부 톤을 전체적으로 보정하니 코가 죽어 보여 하이라이터와 쉐딩을 더해 콧대를 오똑하게 연출했고, 피부 화장을 두껍게 하니 다시 눈 화장이 죽어 보여 속눈썹 파마를 하고 픽서를 포함해 마스카라를 세 종류나 사용하게 됐다.

이렇게 화장을 겹겹이 하면 습한 여름엔 녹아 내리고 건조한 겨울엔 뜨기 마련인지라 메이크업 픽서나 수정용 쿠션까지 사게 되었다. 머리 스타일도 계속해서 바꿨다. 자연갈색인 머리가 질려서 검은색으로 물들였다가 보수적인 대학교에 반항한답시고 백금발로 탈색도 해 보고 빨간색, 파란색,

초록색, 보라색, 카키색으로 투톤 염색을 하는 등 일단 해 보고 싶은 건 다 했다.

그 시절 홍대병 기질이 있었던 나는 특이한 것, 나만 할 것 같은 것에 관심이 많았다. 유행하는 코랄색 립스틱과 연갈색 섀도를 거부하고 에메랄드 녹색, 보라색, 빨간색 섀도와 갈색, 짙은 보라색 립스틱을 발랐다. 옷 역시 유행하는 테니스 스커트와 PK 원피스를 싫어했고 등 전체가 망사인 나시나 레이스로 이루어진 크롭 탑에 다리를 다 드러내는 짧은 바지를 입었다. 나는 내 몸이 아주 자랑스러웠고 자랑할 만한 곳을 노출하는 것 역시 화장과 같은 내 개성의 표현이라 생각했다.

일종의 반작용이었을까? 열아홉 살 때부터 시작한 꾸밈 노동은 삼십대에는 귀찮은 것이 되어 있었다. 불편한 용기 첫 번째 시위에 다녀와 탈코르셋을 해야겠다고 다짐할 즈음엔 특별한 날을 제외하곤 노출이 있거나 타이트한 옷도 불편해서 더는 안 입었다. 편함을 좇아 탈코르셋을 시작하게 된 경우다. 주변인들은 화장과 예쁜 옷으로 빛나고 있었고, 그들 사이에서 꾸미지 않은 내 모습으로 서기 두려운 마음이 컸기에 초반엔 주변의 눈치를 보며 유니크한 나만의 스타일을 추구하는 척했다.

점점 꾸미지 않은 '쌩얼'로 밖에 나갈 수 있는 것도 내 개성으로 여기며 '화장하지 않아도 번화가에 갈 수 있을 만큼 쌩얼에 자신감 있는 나'를 추구했다. 평소엔 헐렁한 티와 바지를 입고, 꾸미고 싶은 날엔 몸에 달라붙지 않는 롱 원피스를 입었다. 격식 있는 자리에 갈 때는 다시 몸매를 드러낼 정도로 딱 붙는 여성 정장을 꺼내 입었다. 머리카락은 뒷목의 문신을 가릴 수 있는 가장 짧은 기장을 유지하기 위해 투블럭 숏 단발을 유지했다. 겉으로 보면 그냥 짧은 단발 정도인데 뚜껑을 들면 3mm의 짧은 머리가 드러났다. 어정쩡한 길이의 머리카락은 계속 눈앞으로 쏟아졌고 항상 어느 방향으로든 뻗쳐 댔다. 나는 아침마다 하늘 높은 줄 모르고 치솟는 머리에 경악했다. 차라리 긴 머리로 사는 게 훨씬 편하다고 느낄 정도였다.

하지만 탈코르셋은 편하기 위해서 하는 게 아니다. 탈코르셋은 내 삶의 주인이 되겠다는 강력한 의지의 외적 표현이자 가부장제 아래에서 익숙해진 선택당하는 위치에서 벗어나겠다는 선언이다. 화장을 하지 않아서, 타이트한 옷을 입지 않아서, 하이힐 대신 운동화를 신어서 오는 편리함은 탈코르셋을 하면 따라오는 부수적인 효과일 뿐이다. 그렇게 탈코르셋이 무엇인지, 왜 해야 하는지 깨닫고 나니 탈코르셋의 기준은 남이 아닌 나에게 있다는 결론에 도달했다.

그후에도 여러 시행착오는 있었지만, 더 이상 주변의 눈치를 보며 '척'하지 않게 되었다. 막무가내로 뻗치던 머리를 더 짧게 자르고, 손질하기 편하게 뽀글뽀글한 파마를 했다. 가끔씩 하던 화장도 그만두었다. 단순 반항을 위해 머리를 잘랐던 예전과 다르게 의미를 담은 행동에 이전 같은 우울이나 후회는 없었다.

나에게 탈코르셋 관련 조언을 구하는 사람이 있다면 밤을 샐 정도로 많은 이야기를 나누고 싶지만 꼭 해 주고 싶은 말만 세 가지 고르자면 '일단 저질러 볼 것, 자신의 속도대로 갈 것, 주변에 탈코르셋한 사람을 많이 둘 것'이다. 일단 첫 발을 떼고 나면 다음 발, 다음 발이 자연스럽게 연결된다. 어떤 사람은 머리카락을 먼저 자르면 자연스럽게 어울리지 않는 화장과 옷을 버리게 된다고 하고, 어떤 사람은 옷을 먼저 바꾸면 자연스럽게 머리카락을 자르고 이어서 화장을 하지 않게 될 거라 한다. 원래도 선택의 연속인 인생이지만 페미니즘을 접하면 이전보다 훨씬 더 여러 갈래의 길이 제시된다. 그중 어떤 게 나와 맞을지는 직접 가 봐야지만 알 수 있다. 만약 첫 발, 그리고 그 다음 발을 디뎠는데 뭔가 이상하다 싶으면 다시 돌아 나오면 된다. 전혀 어렵지 않고 누구도 나무라지 않는다. 발전하려는 마음으로 계속 배우는 사람이라면 외형적 변화는 자연스럽게 진행되기 마련이다.

여기서 가장 중요한 점은 이 변화는 단숨에 완성되고 끝내는 일일 퀘스트가 아니라 인생 전반에 걸쳐 앞으로 살아가면서 계속해서 배우고 실천해 나가야 하는 메인 스토리라는 점이다. 사실 나는 아직도 옷 정리를 하고 있다. 처음엔 옷에 썼던 돈이 아까워 선뜻 버리지 못했는데 계절 옷을 정리할 때마다 마음이 아예 뜬 것들부터 서서히 버리고 있다. "세상에, 내가 이런 옷도 입었었지!"라고 외치며 하나의 계절이 지날 때마다 옷들을 조금씩 더 버리면서, 내 마음도 올바른 방향으로 발전하고 있다는 걸 느낀다.

이 긴 여정은 시작하는 것보다 유지하는 것이 훨씬 더 어렵다는 것을 알아야 한다. 내가 왜 이렇게까지 고생하는지 그 이유를 알지 못한 채 탈코르셋이 힘들고 버거운 숙제가 되면 어느 순간 놓아 버리고 싶어질 것이다. 속도는 중요하지 않다. 지금 달리는 길이 맞는 길인지 끊임없이 질문하며 내가 주저앉지 않고, 혹은 주저앉더라도 다시 일어나 계속 달릴 수 있다는 믿음을 가져야 이후에 다가올 더 많은 문제를 헤쳐 나갈 에너지를 준비할 수 있다. 어떤 게 나에게 맞는지 첫 발을 내딛기 전까지 남들의 경험담만으로는 절대 알 수 없다. 내가 디뎠던 첫 발은 다행스럽게도 내가 원하는 방향과 아주 정확히 일치했고 그 길로 쭉 달리다 보니 친구들을 발견했다.

이 험난한 길에는 절대 없을 거라 생각했던 친구들은 나보다 더 앞에, 혹은 옆 길에 가 있기도 했다. 여러 갈림길에 흩어져 있더라도 나와 같이 탈코르셋을 한 사람이 주변에 이렇게 많이 있다는 사실을 인지하는 그 간단한 과정이 얼마나 큰 용기가 되는지 최대한 많은 사람에게 전해 주고 싶다.

아이폰을 사용하는 사람들 사이에 '탈옥의 끝은 순정'이라는 말이 있다. 휴대폰에 필요한 기능을 추가하거나 원하는 대로 꾸미기 위해 보안이 취약해진다거나 벽돌(정상적으로 작동하지 않는 상태)이 되는 위험까지 감수하며 탈옥을 한 사람들이 결국은 탈옥하지 않은 처음의 순정 상태로 돌아가는 흐름을 일컫는 말이다. 본래 상태일 때의 휴대폰이 가장 안정적이고 효율적이기 때문인데, 나는 어쩌면 이게 사람에게도 적용되지 않을까 생각한다. 그 누구도 긴 머리에 속눈썹 연장술을 하고 태어나거나 아이섀도와 틴트를 바르고 태어나지 않는다. 하지만 여성들은 건강을 해칠 위험을 감수하며 하이힐을 신고 허리를 꽉 조이는 옷을 입는다. 평생 사용할 이 한 몸의 건강과 안전을 포기하면서까지 나를 세상의 기준대로 예뻐 보이게 꾸미는 게 과연 옳은지 생각해 봐야 한다.

나는 남들보다 아주 조금 먼저 순정으로 돌아온 사람이다. 그리고 다른 여성들에게 당신들도 벽돌폰이 되는 위험을 감수하지 말고 순정으로 돌아오라 외치고 있다. 아무리 멋지게 꾸밀 수 있다 해도 자신 그대로의 모습이 가장 좋다는 걸 세상 모든 여성들에게 알리고 싶고, 남은 인생 동안 꾸밈을 위한 시간을 나에게 투자하며 순정인 상태로 건강하게 살아가자고 말하고 싶다.

디폴트:: 목소리

나의 목소리는 너무 커도 안 되고, 작아도 안 되고,

너무 낮아도, 높아도 안 되었다.

진정한 나로 살기 위해 타인이 정해 준 그 모든 기준들을 버리고

타고난 나의 목소리로 말하기 시작했다.

모든 여성들이 자신이 가장 편한 모습,

있는 그대로의 자신의 모습을 찾기를,

그리고 그런 자신을 사랑하고 자유로워지기를 바란다.

로맨스는 허상이다

코로나 시대가 도래하고 집에 있는 시간이 늘어나면서 넷플릭스나 왓챠, 유튜브 같은 스트리밍 서비스들을 여러 개 구독하게 됐다. 식사를 하거나 주말 오후 황금같은 시간이 생길 때면 '컨텐츠 찾아 헤매기'의 여정이 시작된다. 대부분의 컨텐츠는 썸네일부터 걸러진다. 딱 봐도 사랑 얘기일 게 뻔하기 때문이다.

로맨스 영화, 하이틴 연애 드라마, 그것도 아니면 짝짓기 예능……. 어떤 장르를 골라도 그놈의 연애와 결혼은 꼭 빠지질 않는다. 이런 '기승전사랑' 현상은 영상물에 그치지 않는다. 흔히 우리가 우스갯소리로 사랑 노래 빼면 들을 노래가 없다고 하지 않는가? 생각난 김에 음악 스트리밍 어플에 들어가 탑 100 안에서 사랑이 소재가 아닌 노래를 찾아보다 포기하고 말았다.

사랑이라는 감정 자체는 소중하며 대체 불가능한 존재다. 인간을 인간답게 만들고 세상을 살 만하게 만드는 본질적인 요소는 사랑이 아닐까 싶을 정도로 우리는 사랑에 많은 것을 투자하며, 그 감정으로 인해 울고 웃고, 때로는 살아갈 힘을 얻기도 한다. 이렇게 중요한 사랑인데, 왜 '사랑' 하면 여성과 남성간의 사랑만 부각될까.

검색창에 사랑이라고 치면 하트 모양 다음으로 많이 나오는 게 여남커플이 손잡고 있는 모습, 안고 있는 모습 등등이다. 'love'라고 쳐도 마찬가지다. 뭐 세계 각국어 어떤 걸 넣어도 결과는 비슷할 테니 셀프 고문은 이쯤에서 그만두자. 이렇게 알게 모르게 우리는 연애의 단일화된 이미지에 세뇌되어 살고 있다. 미디어에서는 연애가 엄청난 가치인 것처럼 포장하고, 주입한다. 그런 것들을 보고 있자면 연애엔 관심이 없다가도 괜히 '나도 한 번?'이라는 마음이 생기는 게 사실이다.

당연하다. 전세계에서 능력 있는 수많은 작가, 연출가, 마케터들, 거기에 막대한 자본까지 투입돼 연애가 얼마나 달콤한지 광고를 하는데 환상이 안 생기고 배길까?

고백하건대 여남 로맨스물은 알레르기 수준으로 일절 보지 않는 나조차도 다른 장르를 보던 중 은근슬쩍 로맨스 장면이 나오면 자연스럽게 납득할 때가 있다. 그러고는 곧 '아차' 하지만. 여자들이 나와서 연애나 결혼 말고 다른 것 좀 하는 이야기를 보는 게 왜 이렇게 어려울까. 연애 말고도 얼마나 많은 걸 하면서 사는데!

연애물이 난무한 그런 미디어들을 어릴 적부터 감명 깊게 보고 자랐다면 조금 달랐을 수도 있겠지만, 나는 TV와 별로 친하지 않았던 탓인지 학창시절에도 연애나 남자친구 같은 것들에 별로 관심이 없었다. 쥐색 교복을 입고 높은 언덕을 오르는 우리에게 "오크 X들!", "무다리!"라며 낄낄대고, 얼굴이 못생겼다며 돌을 던지기까지 했던 옆 학교 남고생들을 보며 내 인생에서 평생 남자를 가까이하는 일은 절대 없으리라 확신했다. 스물 두 살이 되기 전까진.

대학교에 갓 입학해 동기들과 밤새워 놀러 다니느라 바빴던 스무 살을 지나 현실에 대한 고민을 하기 시작한 스물 두 살, 나를 제외한 주변의 친구들은 모두 남자친구가 있었다. 그 속에서 나는 '진짜 다 괜찮은데 왜 연애 안 하는지 모를 친구'였다. 연애를 하고 싶은 사람이 없는데 굳이 연애를 하려고 애쓸 필요가 없다는 건 조금만 생각해 보면 굉장히 당연한 사실이지만, 다수 대 소수가 아닌 '모두' 대 혼자가 되니 불안했다. 모두에 끼고 싶었다. 친구들과 남자 얘기로 수다를 떨 때 적당히 맞장구 치면서 대화에 끼려면 남자친구나 최소한 주변 '남사친' 얘깃거리라도 있어야 했고, 그러려면 소개팅 제의를 받았을 때 한 번쯤은 나가 봐야겠다는 결론이 나왔다.

그렇게 스물두 살을 시작으로 남자와 총 세 번의 연애를 했다. 연애는 대체 어떻게 해야 하는 건지 몰라 친구에게 추천받은 여초 카페를 가입했고, 그 당시 가장 핫했던 연애 관련 게시판에 들어가 거기에 올라와 있는 연애팁들을 모두 정독했다. 남자친구에게 사랑받는 도시락 싸는 법, 사랑받는 행동하는 법, 남자들이 좋아하는 옷차림…… 인터넷에는 내가 모르던 다양한 연애, 아니 사랑받기 '스킬'들이 있었다. 그 이야기들을 읽고 있자니 나만 뒤처진 사람인 게 점점 더 확실해 보였다.

연애 잘 한다는 여자들이 하는 것만큼 '사근사근하고 매력 넘치는 여자친구 역할'을 잘 해내지 못하는 나를 자책하기도 했다. 나는 연애 게시판에서 본 여자친구로서 해야 할 것들을 메모장에 받아 적으면서 서서히 '사랑받는 여자' 역할을 배워 나갔다. 정상성에 편입되고 싶은 욕망이 나를 새로운 사람으로 창조하고 있었다. 비록 세 번의 연애 모두 그

다지 성공적이진 않았지만.

"이상형이 뭐야?"

한창 이성이 궁금해질 나이인 학창시절, 처음 이런 질문을 받았을 때 곰곰이 생각해 봤다. 한참 고민한 결과 내 대답은 '말 잘 듣는 남자!'였다. 매번 남자 앞에선 절대로 그런 말 하지 말라는 소리를 듣곤 했지만, 내 딴에는 상당히 진지하게 내린 결론이었다. 여남의 연애관계란 특히나 여자에게 상당한 위험을 동반하는 것 같아 보였고, 그런 이유에서 '남성미'를 갖춘 아이들은 상대적으로 더 위협적이게 느껴졌기 때문이다. 그래서 나는 키가 작고 보통 남자애들답지 않게 조용하고 말수가 적은 아이들을 좋아했다. 중학교 2학년 때, 미성년자 시절을 통틀어 유일하게 사귄 남자친구와는 그 애가 키가 훌쩍 커지고 변성기가 오면서 빠르게 이별을 고했다.

그렇게 상대적으로 '온화하고 약한' 남자를 만나면 위험 감수의 부담에서 자유로워질 거라고 믿었던 나는 성인이 되어서도 그 본능적 선택법을 이어나갔다. 성인이 된 후 사귄 첫 남자친구는 마른 체형에 감수성이 풍부하고 세심한 성격을 가지고 있었다. 여자친구에게 헌신적이고 공감능력이 좋다고 주변에서 '초식남' 소리를 듣던 그는 1년 남짓을 만나는 동안 내게 여러 번의 유흥업소 출입 경력을 들켰다. 그는 헤어진 지 3년이 되어서도 '너만 한 여자 없었다'라며 집 앞에 찾아와 편지를 남기거나 메시지를 보내 폰 번호며 집 비밀번호를 주기적으로 바꿀 수밖에 없었다. 집을 나설 때마다 집 앞에 찾아와 있지는 않을까 하는 두려움에 떨어야 했다.

감수성 풍부한 남자에 대한 편견을 안고, 그 다음엔 공부밖에 모르던 공대생을 만났다. 소개팅으로 만난 그는 일-운동-집만 오가는 성실한 생활루틴에 직장도 꽤나 좋아서 친구들이 '벤츠'라며 오래 만나서 결혼하라고 난리였다. 분명 '성실하고 착한' 남자친구가 맞았다. 하지만 그는 정치 얘기가 나오면 여가부부터 없애야 한다고 질색을 하며 일장연설을 하거나, 내가 인터넷에서 본 남자들의 성범죄 행각에 열을 올리면 "자기 혹시 페미야?"라고 물어보기도 했다.

마지막 남자친구가 되었던 세 번째 남자와는 단 3주 만에 헤어졌다. 그는 반반한 얼굴에 패션센스가 좋고 여자들에게 사근사근해서 '훈남'으로 불리며 학교에서 인기가 많았다. 그런데 만나고 보니 상당히 의심스러운 여성관을 가지고 있었다. 한 번은 내 방의 시계 건전지를 가는 일을 대신 해주겠다기에 혼자 하면 되니 괜찮다고 했더니, "이런 거 혼자 한다는 여자 처음 봤어."라며 혼자 토라지는 것 아닌가. 아니 도대체 이때까지 어떤 여자들을 봐 온 거지? 형광등도 스스로 간다고 했다간 까무러치겠네. 그런 걸 대신해 주며 남성으로서의 위치를 다시 한번 확인하는 듯했다.

헤어진 날엔 내가 자신이 초코 맛을 싫어한다는 걸 잊어버렸다는 이유로 길 한복판에서 불같이 화를 냈고, 급기야는 손을 올리려고 했다. 더 이상 참을 수 없던 나는 무서웠지만 똑같이 맞받아쳤다. 그 남자는 아마 살면서 이렇게 화를 내는 여자를 만나 본 적 없었으리라. 그에게 여자란 건전지하나도 갈지 못하는 존재니까. 그리고 눈앞의 이 괘씸한 여자를 어떻게 처리해야 할지 몰라 길을 걷는 내내 욕지거리를 했다. 나는 서둘러 귀가한다는 핑계를 대고는 집으로 돌아오는 지하철에서 문자로 이별통보를 했고, 그 후로 그는 내 친구들 사이에서 '초코남'이라고 불렸다.

그 모든 연애에서 나는 '사랑받는 여자친구'가 되기 위해 노력했다.

그것들은 과연 연애였을까?

이성애 연애는 상당히 획일적인 틀을 가지고 있다. 여남

연애에서 요구되는 여자의 역할은 보통 이렇다; 활달하면서도 사근사근하고, 자기주장이 세지 않아서 남자의 자존심을 너무 꺾지 않아야 하고, 알뜰살뜰하고 연인을 잘 챙기며, 남자가 대쉬하면 부끄러워하며 한 번쯤 튕기고······. 분명 연애란 동등한 두 사람이 하는 것이라고 배웠거늘, 여자와 남자 간의 연애엔 늘 권력 차이가 존재하는 것 같아 보인다.

나는 위협이 되지 않을 것 같은, 나의 안위가 보장될 것 같은 남자를 골라서 만났다. 그렇게 잘 고르고 고르면 동등하고 자유로운 연애를 할 수 있을 거라 생각했기 때문이다. 하지만 내 예상은 틀렸다. 내가 만났던 남자들은 모두 '좋은 남자친구'라 불렸지만 거기엔 함정이 있었다. 그들은 분명 일면 좋은 사람이었으나 평생을 남자로 살아왔기에 집을 불쑥불쑥 찾아오는 것이 내게 얼마나 위협이 되는지 이해하지 못했고, 여성이 남성 없이 스스로 모든 것을 할 수 있다는 사실을 불편해했다. 여성들이 살아가면서 겪는 피해를 인정하기 싫어했고, 이런 문제들에 대해 입 밖으로 내뱉거나 주장을 펼치면 "너 페미야?"라는 말로 일축해 버렸다. 그리고 위험상황에서 두려움을 느껴야 하는 건 늘 약자인 나였다. 그리고 몇 년이 지난 지금, 이제야 깨달았다. 남자들은 자신의 권력이 위협받지 않는다는 전제하에서만 여자를 '사랑'한다는 것을. 나의 지난 남자친구들은 건전지를 대신 갈아 주며, 여자가 겪는 불편함에 대해 맨스플레인을 하며 자신의 권력을 확인했다.

내가 연애게시판을 들락날락거리며 '사랑받는 여친 되는 법'을 정독하지 않았어도, 여성가족부가 역차별이라는 그의 주장에 조목조목 맞받아쳤어도, 머리가 짧고 화장을 하지 않고 브래지어를 입지 않아 그들과 다를 바 없는 겉모습이었어도 똑같이 '사랑받을' 수 있었을까? 내가 잘 선택했다 착각했던 그 로맨스들은 전혀 자유롭지도, 동등하지도 않았다. 나는 더 이상 남자들에게 사랑받으려 노력하고 싶지도, 그들이 바라는—자신의 권력을 다시 한 번 확인할 수 있는—수단이 되어 주고 싶지도 않다.

로맨스는 허상이다. 적어도 당신이 믿고 있는 그 '평등하고 자유로운' 이성애 로맨스는.

무해한 음모

에이

        세상이 대체 연애 없이 돌아가는 게 가능할까 싶을 정도로 모두 연애에 열광하고 있었다. 고등학교 때 아르바이트를 했던 패스트푸드점에서는 아르바이트생들끼리 연인으로 발전했다 헤어지고, 다시 매장의 다른 사람과 사귀기가 반복됐다. 나중에는 누가 누구와 만났었고 언제 헤어졌는지 헤아릴 수 없는 지경에 이르렀다. TV 프로그램은 여자와 남자가 어떻게든 서로를 찾아 연결되는 내용이 대부분이었다. 드라마는 대부분 역경을 이겨내는 절절한 사랑 이야기였고 여자와 남자를 1:1로 짝 지어 주는 예능 프로그램들이 유행했다. 경쟁에서 이긴 최종 우승자 남자에겐 보상으로 여자를 거머쥘 권리가 생겼다. 마찬가지로 어렵사리 우승의 문턱을 넘은 여성이 갈 곳은 우승한 남자의 옆자리였다.

대학에 진학하고 나서는 소개팅에서 남자친구를 만나 운명 같은 사랑을 하고 있다는 친구가 너도 빨리 남자를 만나야 된다며 안달이었다. 친구는 내가 여대로 진학해 남자 만날 기회가 없다는 걸 불쌍하게 여겨 소개팅을 몇 번 주선해 주려 했지만 기회가 없다는 그 여대 안에서도 남자 찾기는 가장 뜨거운 주제였다. 과대는 여대라면 이런 건 꼭 한 번 해 봐야 한다며 다른 학교 남학생들과 과팅 일정을 줄줄이 잡아왔다. 쉬는 시간마다 칠판에 A대 aaa과 3명, B대 bbb과 5명…… 등의 목록을 끊임없이 적어 나가며 인원을 맞춰 나갈 사람을 모집했다.

평일에 알바하던 스파게티 전문점에서는 두 명의 남자가 동시에 나에게 관심을 표현했고 주말에 알바하던 레스토랑에서는 같이 일하던 언니의 지인이 나를 보고 첫눈에 반했다며 만나는 자리를 한 번만 만들어 달라는 부탁을 받았다고 했다. 어디를 가도 사랑하는 연인들이 즐비했다. '연애하지 않는 자 먹지도 말라'라는 표어가 붙어 있는 듯했다.

이쯤 되니 20대 초반이 다 지나도록 제대로 된 연애 경험이 없는 나는 유별난 애였다. 친구들은 항상 주변의 남자 중 누구 정도면 괜찮지 않냐며 부추겼고 언니들은 소개팅 생각이 있냐며 자주 물었다. 연애를 해야만 내 이마에 '정상인'이라는 표지판이 붙을 수 있을 것 같았고, 빨리 연애를 시작하지 못하면 어딘가 문제 있는 사람처럼 보일 것 같은 기분에 마음이 점점 조급해졌다. 조바심에 쫓기던 내 첫 연애는 결국 더럽게 시작됐다. 여자친구가 있음에도 나에게 매일 구구절절 문자로 사랑고백을 해 오던 동료가 너 때문에 헤어졌으니 책임지라며 은근한 눈치와 압박을 보내오기 시작한 것이다.

정말 나를 사랑했다면 내 탓을 하기보다 함께 일하는 자신의 여자친구와 매일 마주칠 내 입장을 생각했어야 한다. 헤어짐과 동시에 전 여자친구가 된 동료는 퇴사했고, 나 역시 얼마 안 가 그 남자와 헤어지며 퇴사했다. 사랑이라는 평계로 모든 것이 합리화되는 것은 아니다. 자신의 부적절한 행동의 결과를 사랑하는 이에게 책임지라며 떠넘기는 것이 어떻게 가능한지 지금도 의문이다.

사랑이라는 특별한 감정에 대한 고찰이 전혀 없었던 난 내가 만났던 남성들의 방식을 곧이곧대로 흡수했다. 아, 이게 사랑하는 방식이구나. 사랑하면 이렇게 표현하는 거구나 싶었다. 상대의 마음 속 깊은 감정을 헤아리기보다 너를 사랑하는 나를 겉으로 나타내는 것에 중점을 뒀다. 특별한 너를 위해 나의 어떤 부분까지 포기할 수 있는지가 사랑을 나타내는 방법이 되었다.

내 영혼이 깃든 듯 소중히 여기던 머리카락을 하루아침에 짧게 자른 것도 사랑을 과시하고 싶은 마음 때문이었다. 만난 지 몇 주 된 남자친구가 짧은 머리일 때 찍었던 사진을 보고 지나가듯 "와, 진짜 예쁘다. 내 취향은 확실히 숏컷이긴 하지. 아, 근데 긴 머리도 좋아!"라고 말한 게 화근이었다.

살아온 시간 동안 긴 머리였던 적이 더 많았던 나다. 머리를 묶어 올려 단발 비슷한 모양을 만들어 보며 긴 머리가 아닌 나는 역시 좀 이상한 것 같다고, 단발로 사는 걸 상상하는 게 힘들다고 말했던 나는 이미 사라지고 없었다. 일찍 퇴근한 날 몰래 미용실을 다녀와 더 예쁨받을 생각에 들떴던 내 모습이 지금 생각하면 얼마나 우스운지 모른다.

그 뒤로도 높은 킬힐을 신는 게 좋다는 사람, 굽 없는 단화를 신으라는 사람, 허리 부분이 타이트한 옷 입는 걸 좋아하는 사람, 포니테일 머리를 좋아하는 사람, 꼭 자신의 왼쪽에 걷기를 바라는 사람 등등 많은 사람을 만났고 그들이 원하는 모습의 연애를 했다. 그게 내가 사랑하는 방식이었다. 나는 내 겉모습이나 습관은 어렵지 않게 바꿀 수 있었지만 사랑한다는 말만은 하지 않았다. 상대방이 한 번만 말해 달라고 해도 오글거린다며 웃어넘겼다. 사랑한다고 말해 버리면 사랑이라는 이름 아래 요구되는 세상의 기준에 맞춰야 할 것 같았다. 상대에게 구속되고 싶지 않지만 결혼은 하고 싶었기에 내적갈등을 겪으며 여러 차례 행복하지 않은 연애를 이어갔다.

각각 다른 사연을 갖고 있지만 만남과 헤어짐이 똑같이 반복되는 관계들에서 연애에는 반드시 끝이 있고 그 끝에선 아무리 불타올랐던 사랑이라도 남보다 못한 사이가 된다는 것을 배웠다. 나를 바꿔도 보고, 상대를 바꾸려고도 해 보고, 같이 맞춰 가자며 서로 변화를 위해 노력하기도 했지만 결국 끝은 도래했다. 그렇게 내 옆을 꽤 많은 사람이 지나쳐 갈 때 항상 옆에 있어 준 건 친구였다. 친구들은 이해관계 따위 상관없이 내 편에 서서 같이 화내 주고 어떨 땐 정신 차리라며 나를 혼내기도 했다. 더 예뻐 보이거나 더 괜찮은 사람인 척 꾸밀 필요도 없었다. 사랑한다고 말하지 않는 내 모습 그대로 서로를 사랑할 수 있는 사람, 누구의 감정이 더 큰지 재고 따지지 않고 편하게 만날 수 있는 사람, 가끔은 남에게 말하기 부끄러운 속내도 드러낼 수 있는 사람, 서로를 다른 누구보다 믿어 주고 응원하는 사람. 내가 진정 사랑한 건 친구들이었다.

여전히 살짝 오글거리긴 하지만 친구들에겐 사랑한다는

말을 자연스럽게 한다. 가끔은 나도 모르게 튀어나와서 '헉, 내가 사랑한다고 하다니!'라고 생각할 때도 있다. 앞에서 이 런저런 핑계를 늘어놓았지만 결국 전 남자친구들에게 사랑 한다고 말하지 않았던 건 사랑하지 않는 사람에게 사랑한다 고 하기 싫었던 고집이 아니었나 생각한다.

몇 년 전, 저출생 대책을 논하는 포럼에서 여성의 교육 수준과 소득 수준이 상승함에 따라 하향선택결혼이 이루어 지지 않는 사회관습을 문제점으로 지적하고, 이를 바꿀 수 있는 문화적 콘텐츠 개발이 대중에게 무해한 음모 수준으로 은밀히 진행되어야 한다는 내용을 담은 보고서[*]가 발표됐다. 그러니까, 많이 배우고 많이 벌수록 여성들의 눈이 높아지니 콘텐츠 개발로 결혼과 출산이 여성의 행복이라 생각하게 만 들고 그 길을 자발적으로 선택하도록 해야 한다는 말이다.

십여 년 전에나 유행하던 예능프로그램과 드라마에 더 이상 설레지 않는 여성들에게는 씨알도 안 먹힐 이야기였다. 곧바로 저출생의 원인을 제대로 분석하지 못한 주장이며 여 성을 임신과 출산의 도구로만 보는 것 아니냐는 비판이 쏟 아졌고, 해당 포럼을 주최한 연구기관은 부적절한 표현이 사

*한국보건사회연구원 보도자료, www.kihasa.re.kr/news/press/view?seq=1881

용되었음을 인정하며 사과했다. 여성을 바라보는 사회의 인식이 어떤지 잘 알 수 있는 사례였다.

과거 인식에 머무른 사람들도 있는 한편 발전하고자 하는 움직임도 늘고 있다. 여성들의 변화와 수요에 발맞춰 최근에는 콘텐츠들도 더 이상 짝 찾기에 매몰되어 있지 않다. 최고의 요리사를 뽑거나, 직접 키운 재료로 밥을 해 먹거나, 여자들끼리 모여 캠핑을 가거나, 여자들끼리 모여 운동을 한다. 생활 곳곳에서도 여성을 위한 모임이나 서비스가 늘어났다. 운동 원데이 클래스 같은 경우 이전에는 없던 격하고 위험한 운동도 여성들끼리 모여 체력에 맞춰 수강할 수 있게 됐다. 여성 수리기사만 있는 주택수리 서비스나 여성 기사로만 이루어진 가전 전문 청소업체도 생겼다. 많은 사람들이 여자 혼자, 혹은 여자만 여럿 모여도 뭐든지 할 수 있다는 것을 보여 주고 있다.

연애나 결혼 없이도 내 삶을 살 수 있다는 사실을 계속해서 접하게 되면 과연 여자아이들이 결혼만을 꿈꾸며 자랄지 궁금하다. 어린 시절 학교에서 장래희망에 대해 이야기할 때면 딱히 하고 싶은 거나 되고 싶은 건 없고 현모양처가 꿈이라던 내가 만약 여자 혼자서도 잘만 사는 콘텐츠를 계속 접했다면 어땠을까. 아마 내 삶은 결혼으로 귀결될 거라 믿으며 결혼을 가장 중요한 일로 정해 두고 살진 않았을 것 같다.

다행히도 요즘 아이들에게 연애나 결혼에 대해 물어보면 예전보다 훨씬 다양한 대답이 나온다고 한다. 시간이 흘러 다음 세대가 사회에 진출할수록 앞으로는 더 다양한 여성들로 구성된 콘텐츠가 많아질 것이고 그 콘텐츠를 보고 자란 다음 세대, 그 다음 세대는 더 나은 세상을 접할 수 있을 것이다. 그 길 앞에 필요한 건 케케묵은 사회규범과 우리의 고정관념을 깨부수는 일뿐이다.

모든 기억과 경험을 짚어 보고 오랜 생각을 마친 끝에 나는 앞으로 내 인생이 좀 더 좋은 쪽으로 흘러 가길 바라며 연애를 하지 않기로 다짐했다. 진정한 교감과 사랑을 영원히 나눌 단 한 명의 '짝'을 찾기보다 나다운 모습을 지키는 게 더 소중해졌기 때문이다. 타인에게 쏟을 에너지를 나에게 집중시켜 스스로를 돌보기도 하며 내 곁을 지켜 줄 사랑하는 사람들과 행복하게 살고 싶다. 직접 시간과 정성을 들여 경험한 후에야 알게 된 이 사실을 다른 여성들은 부디 경험해 보지 않아도 알 수 있길 바란다.

남자애보다 못한 여자애

대구 출신인 내가 대학교에 입학한 후 신입생 시절에 술자리에서 남자 선배들한테 가장 많이 들은 말은 '오빠야' 좀 해 달라는 말이었다. 나는 그런 요구들을 신입생 때부터 정색하고 딱 잘라 거절했다. 내가 꼭두각시도 아니고 왜 애교 많은 경상도 여자를 연기해야 하는가. 거절이 반복되자 기가 너무 세고 무섭다는 말들이 이어졌다. 고분고분하게 그들이 원하는 모습을 보여 주지 않았기 때문이었다.

시간이 지나고 드라마 〈응답하라 1997〉이 인기를 얻으면서 결국 그놈의 '오빠야'에 미친 남자들은 더욱 늘어났고 그들의 요구는 대학교 생활 내내 나를 따라다녔다. '대구 여자가 예쁘다던데'라는 저급한 헛소문에 이어 사투리에 대한 환상을 조장하는 미디어가 짜증 났다. 너네가 진짜 대구 여고생들을 본 적이나 있느냔 말이다.

이렇듯 성인이 되어 서울에서 만난 많은 사람들은 그들과 다른 나의 억양을 들으면 고향부터 물은 후, 경상도 사투리에 대한 호불호를 단박에 드러냈다.

"경상도 사투리 너무 좋아, 오빠야~ 한번만 해 줘."라거나 "근데 사투리는 말투가 너무 세서 화난 것 같더라."라는 식이었다. 둘 중 어느 반응도 전혀 달갑지 않았지만, 중요한 건 경상도 출신인 남자는 이런 말을 듣지 않는다는 것이었다.

물론 그 말투 '쎄다는' 경상도에서도 여자아이들을 향한 말투나 태도 코르셋 주입은 존재한다. 어린 시절 엄마를 따라 모부 모임에 가게 되면 아들을 둔 모부들이 와서는 딸은 애교도 많고 '싹싹해서' 좋겠다, 부럽다는 말을 하곤 했다. 분명 칭찬이었으나 그 말 아래에 깔린, 딸은 애교가 많고 싹싹한 존재이고, 그래야만 한다는 전제가 나에게 의문을 불러일으켰다. 그렇다면 애교도 없고 싹싹하지 않은 애는 딸이 아닌가?

그들의 기준대로라면 확실히 난 부러워할 만한 딸은 아니었다. 애교나 싹싹은커녕 얌전이랑도 거리가 멀었기 때문이다. 어린 시절 사진들 속 내 포즈는 전부 있지도 않은 알통을 자랑한다거나 가슴을 두드리는 고릴라 흉내를 낸다거나 하는 것들뿐이다. 목욕하고 나면 온 집 안을 발가벗고 벡터맨 놀이를 하며 뛰어다녔는데 그럴 때마다 엄마는 "야는 이래 선머슴아 같아가지고 나중에 뭐가 될라고 그라노!"라며 한탄을 했다.

학창시절 내내 연례행사처럼 선생님들에게 표정을 지적당했고(맹세코 나는 특별히 악의적이거나 지루하다는 표정을 짓지 않았다), 고등학생 때는 이런 적도 있었다. 다른 아이들과 마찬가지로 그저 졸음을 참으며 수업을 듣고 있었을 뿐인데 영어 선생님이 나를 일으켜 세워 "니같은 표정을 짓고 있으면 내가 수업할 맛이 나겠나?"라고 말하는 것이었다. 내가 남자였고 장소가 남고였다고 해도 그 선생님이 그런 말을 했을까? '니같은 표정'은 뭐고, '수업할 맛'은 대체 뭔지. 아직까지도 알 길이 없다.

그러나 나와는 달리 '여성스럽고', '싹싹한' 친구들은 늘상 칭찬을 들었다. 학교 선생님들도 동네 어른들도 아주 행동거지가 바르고 예쁘다고 입이 마르도록 칭찬했다. 왜인지는 모르겠지만 내 주위에는 그런 친구들이 꽤 많았는데, 그 친구들은 자신의 주장을 강력하게 펼치거나 큰 소리를 내는 법이 없었고 다른 사람과 자신의 의견이 다른 것을 불편해했다. 서로의 의견을 나누는 토론을 부담스러워했고 싫은 일이 생겨도 거절하지 못하거나 돌려서 이야기했다. 자연스럽게 나는 그 친구들 사이에서 자기주장이 강하다는 이야기를 듣곤 했다. 나는 다른 애가 나에게 시비를 걸면 두 배로 돌려줬고 내 친구들에게 부당한 일이 생겨도 내가 나서서 갚아 줬다. 그땐 이 친구들을 내가 지켜야 한다는 생각이 더 컸는데, 크고 나서는 이런 생각이 들었다. 과연 착하다는 칭찬이 그 친구들에게 도움이 되었을까?

여자들은 말투나 태도에 대한 지적을 어릴 때부터 꾸준히 받는다. 애교는 부리되 조용하고 얌전하게, 태도는 사뿐사뿐하게. 그런 기대에 부응해 칭찬을 받든, 못 해서 야단을 맞든 자신의 말투와 행동으로 평가를 받기 시작하면 여자들의 가능성은 무의식중에 제한될 수밖에 없다. 자신의 주장을 이야기하는 대신 상대방의 심기를 거스르지 않으려 노력하고 좀 더 예쁘게, 둥글게 이야기하는 법을 배운다. 이렇게 사회는 딸, 즉 여자아이에게 기대하는 바가 확실하다. 한 마디로 여자들은 도덕적이기를 더 요구받는다.

초등학교 5학년 때, 점심시간에 복도에서 친구와 장난을 치다가 실수로 액자를 건드려 깬 적이 있었다. 담임 선생님은 내 뺨을 여러 대 때리고는 복도에 나를 무릎 꿇게 했다. 다른 반 학생들까지 모아다가 '얘는 남자애보다 못한 여자애'라며 이렇게 행동해서는 안 된다고 나를 교육의 본보기로 삼았었다. 그때로부터 꽤 긴 시간이 지난 지금도 마찬가지다. 중학교 교사인 친구에게 듣기로는 남자아이들이 사고를 치면 "어휴, 남자애들은 저 정도면 양호한 거에요."라며 넘어가지만, 여자아이들은 조금만 엇나가도 "여자애가 왜 저렇게 말썽을 피워?"라는 말이 나온다고 했다.

그 결과, 신기하게도 얼굴이 보이지 않는 인터넷 세상에서도 말투를 보면 대강 여자인지 남자인지를 구별할 수 있다. 여자들은 남자에 비해 이모티콘이나 ㅎㅎ, ㅠㅠ, 쿠션어 등을 압도적으로 많이 쓴다. 여초 커뮤니티에서는 '예쁘게' 말하는 것이 굉장히 중요하게 여겨진다. 상대방과 의견이 다를 때는 '태클 걸려는 건 아닌데'로 시작하는 쿠션어가 붙어야 오해를 미연에 방지할 수 있고, 대화가 끝날 때는 '감사합니다! 좋은 하루 보내세요!ㅎㅎ'라는 말로 마무리하곤 한다. 처음 여초 커뮤니티를 가입하고 고민방에 들어가니 '남자친구가 이런 행동을 했는데 기분 나빠 해도 되는 걸까요? 아니면 제가 예민한 걸까요?' 또는 '이거 이별사유야?'와 같은 글들이 정말 많았다. 감정을 느끼는 데에도 타인의 허락을 받고, 타인이 동의를 해 줘야 비로소 자신의 결정을 확신할 수 있는 여자들이 있었다. 그 순간 고등학교 친구들의 얼굴이 스쳐 지나갔다.

하지만 이렇게 말하는 나 또한 예외는 아니었다. 성인이 되고 여자들에게 요구되는 말투와 행동양식을 서서히 배워 나가기 시작했다. 오랜만에 만난 고등학교 친구들은 내게 '여자 됐다'며 한마디씩 얹었다. 나는 더 이상 사진을 찍을 때 알통을 자랑하는 포즈를 취하지 않았고, 자기주장도 이전처럼 하지 않았다. 대신 다소곳하게 앉아 얼굴에 손을 얹는 '치통' 포즈를 짓고, 다른 사람들의 말에 대충 동의하는 척하며 넘어가곤 했다.

그들을 돌아보고 나 자신을 돌아본다. 우리는, 여자들은 모든 것에 눈치를 본다. 미안하지도 않은 일에 미안하다는 말을 더 자주 하고 내 돈 내고 물건을 사면서도 과도하게 고마워한다. 칭찬을 받아도 부정부터 하고 본다. 여자가 공감 능력이 더 좋은 건 과학적으로 증명된 사실이다. 여자와 남자는 태아 때부터 뇌의 형태가 다르다고 한다. 정확히 말하면 여자가 기본적인 설정값이고(나는 정말 놀랐다. 인간의 기본형은 man이 아니었다!), 태아가 8주가 지나면서 테스토

스테론이 분비되면 커뮤니케이션 중추에 있는 세포들을 죽이고 성과 공격성을 담당하는 세포들을 성장시킨다고 한다. 그래서 아주 어린 아이들에게서도 여성 집단과 남성 집단은 태도의 차이가 난다—의견이 다른 경우 여자아이들은 서로 토론을 하고 조율을 하는 반면, 남자아이들은 싸우는 경향이 있다고 한다. 하지만 공감 능력이 좋은 것과 과도하게 눈치를 보고 배려를 하는 것은 다르다. 그 배려가 정말로 나를 위한 것인지, 내 생각을 내뱉는 것을 제한하고 있지는 않은지 한 번쯤 생각해 봤으면 좋겠다. 여자들은 덜 배려하고, 덜 사과하고, 덜 고마워할 필요가 있다.

페미니스트들은 가부장제 사회에서 여성에게 요구하는 이런 태도들을 벗어나려 애쓰는 것을 '내적 탈코르셋'이라고 부르기로 했다. 그 단어를 접하고 내가 유별나거나 특이한 게 아니라는 것을 깨달았고, 사회가 원하는 여자아이의 모습이 아니었던 내가 그동안 불편해야만 했던 이유들을 알게 되었다. '사회적 여성성'을 수행하느라 꽉 끼는 가면을 쓰고 있던 나는 비로소 '여자다움'에서 해방될 수 있었다. 내적 탈코르셋이란 정말 방대하고 어렵다. 수십 년에 걸쳐 내 안에 축적된, 그리고 아직도 남아 있는 남성중심적 시선과 끊임없이 싸우는 것이기에 당연하다. 나 또한 아직도 가끔 내 안의 어딘가에 숨어 있던 여성혐오를 발견하곤 불쑥불쑥 놀라곤 한다. 그럴 때마다 그것을 인지하고 바꾸려고 노력한다. 이제 서서히 나의 언어를 되찾아 가는 중이다. 언제나 내 의견을 당당히 이야기하고, 카메라만 들이대면 있지도 않은 알통을 자랑하던 나의 본성으로.

페미니스트의 제1덕목

(에이)

　　　　　나는 태어나서부터 초등학교 입학
전까지 논길을 한참 지나야 나오는 산기슭 언저리, 가구 수
가 너무 적어 '골'이라 이름 붙은 마을에 살았다. 그 동네를
떠난 이유도 다닐 수 있는 초등학교가 너무 멀어서였다고 하
니, 얼마나 외진 곳이었는지 짐작할 수 있다. 우리 집에서 차
를 타고 포장되지 않은 울퉁불퉁한 산길을 10분 정도 가면
나오는 옆집엔 오 남매가 살았다. 딸만 넷이던 그 집에 다섯
째로 축복 같은 남자아이가 태어나면서 더 이상의 출산은
없었다. 네 명의 누나를 둔 그 아이는 공교롭게도 나와 동갑
이었다. 아이를 보기 힘든 작은 시골마을에 동갑내기 어린아
이들이란 적적한 시골 어른들의 입방아에 오르내리기 딱 좋
은 이야깃거리였다.

　크면 결혼을 시키네 마네 암암리에 약혼까지 당했던 나

는 그 남자아이에겐 관심이 없었고 언니들과 노는 게 더 즐거웠다. 항상 다정하고 어른스러웠던 언니들은 당시 엄마도 감당하기 힘들어했던 날 아주 잘 돌봐 줬다. 그 집에는 나에겐 한 명도 없는 언니가 왜 네 명이나 있는지, 언니들은 왜 그렇게 생각이 어른스럽고 일찍 철이 들었는지 커서 자연스레 알게 됐다.

내가 여섯 살이 되던 해 동생이 태어났다. 동생을 돌봐야 하는 첫째는 모든 걸 일찍 시작한다. 초등학교 저학년 때부터 라면을 끓이거나 과도를 들고 과일을 깎기 시작했고 고등학생 때부터 아르바이트를 시작했다. 친구들을 만날 때면 항상 동생을 데리고 가야 했고 심지어는 덕질을 할 때도 데려간 적이 있다. 나는 지금 동생 나이에 스스로를 챙기고 동생까지 돌봤는데도 동생은 어려서 잘 모르니까, 위험하니까 절대 혼자 두면 안 된단다. 나도 내 생활이 있는데 따라가란다고 눈치 없이 따라붙는 동생도 미웠다.

내가 머리가 좀 크면서 엄마는 맏딸인 나에게 친구, 직장, 친척과의 갈등이나 어려운 경제 상황 같은 걸 하소연하기 시작했다. 그러면 나는 재빨리 편을 들어 기분을 풀어 주거나 커서 돈을 모아 도와줘야 되겠다는 생각이 강하게 들었다.

사춘기 시절 사방팔방으로 튀는 내 감정을 들여다볼 여유 따위 없었다.

딸을 감정 중재자나 도와줄 사람으로 대하는 가정에서 자라는 아이는 다소 버겁지만 자신에게 마련된 위치로 들어가는 게 가장 평화로운 방법임을 일찍 받아들이게 된다. 주로 엄마와 감정 동화가 되어 있는 딸은 좋은 곳을 가거나 맛있는 것을 먹으면 죄책감마저 들곤 한다. 나를 위해 희생한 엄마를 두고 내가 좋은 걸 누려도 될까 하는 의문에서 기인된 감정이다. 딸은 그 죄책감을 떨치기 위해 더 열심히 가족들을 위한다. 리더십을 발휘해 가족들의 안위를 앞서 챙기거나 가사노동이 필요한 곳에 늘 먼저 손을 뻗는다거나 생필품이 떨어지기 전에 구비해 두는 등 다방면의 활동을 한 번에 수행하고 가족들은 역시 딸이 최고라며 당연하다는 듯 받는다.

그렇게 가족 내에서 보편화된 딸의 위치는 가족 내에 국한되지 않고 사회에 나가서도 그대로 이어지기 마련이다. 집에서처럼 주변인을 살피고 좋은 분위기가 유지되도록 놓치는 건 없는지 눈치를 본다. 서비스직에 오래 있었던 나의 경우 그 눈치에 더해 상대의 기분이 나쁘지 않게 하는 것이 대화의 가장 중요한 핵심이 됐다. 대화를 할 때면 툭툭 내뱉는 식의 건조한 내 말투를 보완해 줄 웃음이 곧바로 따라붙었다.

나는 모두에게 친절한 사람, 좋은 사람이 되어야 했고 상대방이 친절하지 않아도 먼저 살갑게 대했다. 이런 내 행동은 상대방에게 나를 막 대해도 된다는 권리를 쥐여 주는 것이나 마찬가지였다. 사람들은 자신의 기분에 따라 조금 무례하게 굴어도 웃는 얼굴로 받아 주는 사람, 약간 무리한 부탁을 해도 거절하지 못하는 사람을 절대 먼저 존중해 주지 않는다. 좋은 사람이 되고 싶었던 나의 노력이 사실은 나를 깎아내리는 것은 아니었을까? 나를 존중하지 않는 사람에게 일방적 존중을 보내는 것보다 허무한 일이 또 있을까. 나는 맏이니까, 언니니까, 좋은 사람이니까 괜찮다고 할 수 있다고 말해 온 것들이 스스로마저 속여 나를 진짜 그런 사람으로 착각하도록 만들었다.

집에서 생기는 크고 작은 책임들에 묶여 살던 나는 책임지는 걸 병적으로 싫어하는 어른이 됐다. 반장보다 부반장, 부반장보다 임원, 임원보다 구성원 1이 마음 편했다. 누군가 시키는 걸 수행하고, 책임자로부터 칭찬을 들으며 사는 게 치열하게 사는 것보다 낫지 않은가. '일은 내가 할게, 책임은 누가 질래?'라는 자세로 중요한 자리가 생기면 늘 앞서서 양보했다. 다수의 의견이 곧 내 의견이고 토론은 구경하는 것조차 스트레스 받았다.

여러 핑계로 도망가기 급급했던 내가 변해야겠다 생각한 건 유튜브를 시작하고부터다. 그즈음 성실한 큰딸이 되기를 포기한 탓도 있다. 온전히 내 책임인 유튜브는 전처럼 도망칠 수 있는 일이 아니었다. 책임져야 하는 일을 처음 정면으로 마주쳤을 때 그 무게감에 영혼마저 짓눌린 듯했다. 하나둘 매듭을 풀다 보면 엉망으로 꼬여 버린 내 심상도 풀리겠거니 하는 막연한 생각으로 변화의 물꼬를 텄다. 실수라도 하면 하늘로 솟거나 땅으로 꺼지고 싶고 모든 걸 포기하고 싶다고 생각하며 스스로를 자책하는 대신 수습 방법을 찾아 자문을 구했다. 일상보다 정보전달 성격이 강한 유튜브 채널을 운영한 게 도움이 되었다. 나는 우리가 다룰 여러 주제에 대해 근거를 마련하고 생각을 정립하면서 자신의 목소리를 내는 방법을 찾았다.

대학 시절 아무도 몰래 나 혼자 좋아했던 전공 교수님이 있다. 사회에서 몇십 년 동안 경력을 쌓아올리면서, 그리고 연단에서 학생들을 가르칠 때까지 당신만의 투철한 직업정신을 쭉 고수해 온 분이었다. 그 교수님은 '임원을 보좌하는 우리 직업의 제1덕목은 선견지명'이라는 말을 자주 했다. 누구보다 앞선 생각을 가지고 여러가지 사건사고를 미연에 방지해야 된다는 뜻이었다. 비록 나는 그 덕목을 갖추지 못했고 졸업과 동시에 전공마저 등졌지만 제1덕목이라는 표현이 꽤 멋지다고 생각해 졸업한 지 10년이 더 지난 지금까지도 친구들과 반쯤 농담 삼아 여기저기 사용하곤 한다.

페미니스트가 갖춰야 할 제1덕목은 무엇일까? 수없이 많은 것들이 동시에 떠오르지만 스스로를 믿는 자기확신이야말로 페미니스트에게 가장 중요하고 필요한 것이라 생각한다. 자기확신은 내가 아는 것이 무조건 옳다는 그릇된 신념이 아니다. 무작정 내 생각을 강요하는 아집도 아니다. 나의 모든 말과 행동이 온전히 내 안에서 시작되어 세상으로 뻗어나갈 때 느껴지는 견고한 힘이다. 여성이 불편함을 견디고 부당함을 참고 자기희생을 체화하길 바라는 사회에서 몇십 년을 살아온 이상 단번에 내 목소리를 찾고 소리내기란 쉽지 않다. 태어나서 처음 해 보는 걸 잘 하는 경우가 더 드물지 않을까? 스스로를 다독이고 기다려 주자. 저 앞에 걷고 뛰고 날아가는 여성들처럼 나도 언젠가 멋지게 비상할 것이다. 나는 오늘도 책임감 강한 큰딸, 기댈 수 있는 언니가 아닌 나 자신의 목소리를 내며 살기를 다짐한다.

디폴트 :: 사랑

유토피아를 꿈꾸지 않는다.

그저 내 모습을 버려야 유지되는 관계에서 벗어나

함께 놀고, 서로의 가치관을 나누고, 서로의 일상을 공유하며

여자들만의 언어로 무언가를 창조해 나가는 것으로 충분하다.

진하게 그어진 남성 중심 사회의 선을 넘어

여성들만의 감정과 시선으로 만들어 가는 관계가

진정한 사랑이자 새로운 세계의 시작이다.

우리의 사랑은 지금부터 시작이다.

여자들이 배운 사랑의 방식

90년대생 중에 학창시절 '빠순이질'
을 한 번이라도 안 해 본 사람이 있을까? 아마 그리 많지 않
을 것이라 장담한다. 쉬는시간과 점심시간은 곧 자신이 좋아
하는 가수의 뮤비를 앞다투어 트는 시간이었고, 하나 건너
하나의 책상과 필통은 아이돌과 연예인 사진으로 도배되어
있었다. 나는 소위 말하는 대형 기획사에서 나온 '메이저 그
룹'엔 관심이 없는 마이너한 취향이었는데, 엄청난 팬덤을 거
느린 아이돌의 광팬인 반 친구들의 강요에 의해 그 그룹 멤
버들의 이름을 다 외우고서야 풀려날 수 있었다.

한국의 학창시절은 많은 아이들에게 상당히 가혹하다.
공부만을 강요하는 분위기와 사춘기 아이의 정서를 존중하
지 않는 대다수의 모부 밑에서 자라다 보면 한마디로 조금
미치지 않고서야 견디기 힘들다. 그들에게 허락된 유일한 자

유란, 무언가에 미친 듯이 '빠지는' 것이다. 가장 쉽게 빠질 수 있는 장르는 역시나 아이돌이나 연예인이다. 나 또한 인정하지 않을 수 없다. 한참을 울고 나서 잠이 오지 않던 수많은 밤들에 조그만 화면 너머로 마주한 그들은 존재만으로도 큰 위로가 되었다는 것을.

모 그룹 이름을 대면 제일 먼저 생각나는 애, 반마다 꼭 있는 유별난 애가 바로 나였다. 나의 덕질은 학창시절에 그치지 않고 대학생, 직장인이 되어서도 이어졌다. 정말 웬만한 덕후질은 다 해 봤다고 확신한다. 팬픽부터 굿즈 제작, 팬싸인회, 대포카메라, 공방 뛰려고 밤 새기, 스케줄은 물론 전국 투어 따라다니기⋯⋯.

고등학생 때는 인터넷으로 친해진 '덕메(덕질메이트)'와 함께 굿즈를 만들어서 판매하기도 했다. 수익은 예상보다 훨씬 대박이 났고, 그 당시와 고등학생 신분으로서는 매우 큰 200만 원이라는 돈이 통장에 처음 찍히는 경험을 했다. 물론 벌기만 한 게 아니라 쓰기도 몇 배로 더 썼지만. 용돈을 전부 씨디와 굿즈, 그들이 나온 잡지 등을 사 모으는 데 쏟아부었고, 대학생 땐 알바비가, 직장인이 되고는 월급이 덕질이라는 항목으로 감쪽같이 사라졌다. 에이와 함께 영상에서 재미 삼아 우리가 덕질에 쓴 돈을 계산해 본 적이 있었는데,

못 해도 한 달에 100만 원씩 3~4년은 썼더라.

덕질 문화는 시간이 지날수록 점점 흔한 것이 되고 있다. 활동하는 아이돌 그룹을 손에 꼽을 수 있었던 나의 학창시절과는 달리, 요즘 한국의 아이돌 산업은 국내뿐 아니라 세계 시장에서도 이름을 알리며 나라를 대표하는 산업이 되었다. 새로운 덕후시장을 양성하는 각종 오디션 프로그램들도 늘어났다. 그와 함께 주 향유층의 나이도 확대되고 있는 것 같다. 과거에는 '덕질' 하면 풍선을 흔들며 열광하고 방송국 앞에서 밤을 새는 10대 청소년의 이미지가 지배적이었지만, 요즘에는 30, 40대도 인스타그램에 자신이 '픽'한 아이돌을 자신 있게 드러낸다.

불과 10~20년 전만 해도 덕질은 '숨어서 하는 것', '애들이 하는 것'이라는 인식이 강했는데, 이젠 더 이상 연예인을 좋아한다고 해서 철이 없다거나 유난이라는 시선을 받지 않는다. 오히려 오디션 프로그램은 회사에서도 '○○ 씨는 □□ 프로에서 누구 픽이에요?'라며 자연스러운 아이스브레이킹의 재료가 되기도 한다. 덕질의 깊이가 깊든 얕든 팬 문화는 일상 곳곳에 스며들며 더 이상 무시할 수 없는 존재감을 과시한다. 하지만 과거에 '덕질 좀 했던 사람'으로서 감히 한마디 덧붙여 보자면 나는 이러한 변화를 마냥 좋게만 보지는 않는다고 말하고 싶다. 특히나 '여자 덕후'라면 한 술 더 떠 말리고 싶은 마음까지 든다.

위에서 '풍선을 흔들며 열광하고', '방송국 앞에서 밤을 새고', '인스타그램에 자신이 응원하는 아이돌 사진을 게시하는' 예시들을 읽으며 행위자로 자연스럽게 여성을 떠올리지 않았는가? 그렇다. 그런 '유별난 덕질'을 하는 사람들은 대부분 여자다.

실제로 여성과 남성의 덕질 양상은 상당히 다르다. 여자 배우 A와 남자 배우 B는 둘 다 아르바이트를 하다가 연예인이 된 것으로 알려져 있다. B가 일하던 가게는 B를 보러 온 여학생들로 매출이 급증해서 일당도 두 배에 매달 보너스까지 받았지만 A는 권고사직을 당했다고 한다. 남학생들이 햄버거 하나를 시켜 놓고 콜라만 계속 리필해 먹으며 자리 차지만 해서 오히려 가게의 매출이 떨어졌기 때문이다. 웃픈 이야기 같지만, 지금도 주 소비층의 성별에 따라 조공(팬들이 연예인에게 선물을 하는 문화)의 스케일이 엄청나게 차이가 난다. 여자 아이돌들이 남성 팬에게서 과자 세트나 인형을 받을 때 남자 아이돌들은 전자기기부터 억대의 명품을 받고, 타임스퀘어에 생일광고가 걸리기도 한다. '조공계'라는 것도 등장했다. 똑같은 가요 오디션 프로그램에서도 남자 버전과 여자 버전에서 양성되는 팬덤의 스케일이나 헌신도는 천지 차이다.

여성 충성고객이 훨씬 잡기 쉽다는 건 마케터들 사이에서도 공공연한 이야기다. 여자들은 한 번 애정하기 시작하면 무조건적인 사랑을 보여 주기 때문이다. 주변 스탭들을 챙기는 등의 당연한 행동을 해도 '우리 ○○는 역시 개념연예인'이라며 찬양거리가 되며, 설령 연예인이 잘못된 행동을 했더라도 조금만 개선점을 보여 주면 '그럼 그렇지'라며 감동의 눈물을 흘린다. 사실 이러한 팬덤 문화는 '연예인과 팬'의 관계라기보다는 일방적 신격화에 가깝다.

나는 내가 덕질하던 그룹의 '병크'를 참아 줄 수가 없어서 탈덕했다. 내가 처음 좋아했던 아이돌은 불행인지 다행인지—병크가 터졌다면 더 빨리 탈덕할 수 있었을 테니까—십몇 년간의 덕질 동안 이렇다 할 논란이나 사건이 터지지 않았었다. 하지만 그 다음으로 좋아했던 놈들은 하루가 멀다 하고 빻은 말을 하더니 결국엔 법정까지 들락날락거렸다. 놀라운 것은 그 모든 꼴을 보고도 여전히 남아 있는 많은 팬들이었다. 자신이 좋아하던 사람의 실체가 드러났음에도 불구하고 보려고도, 믿으려고도 하지 않는 사람들을 보며 짠한 마음도 들었지만 '무엇을 위해서 저렇게까지 하나'라는 생각이 가장 많이 들었다. 자신들이 만든 신에 단단히 빠져 진실은 보려 하지 않는, 그것은 이미 타락한 종교였다.

한편 남성 팬들은 여자 아이돌이 페미니즘 문구가 쓰여진 케이스를 끼고 나왔다거나 『82년생 김지영』을 읽었다는 이유로 사진을 찢고 앨범을 태우고 탈덕을 한다. 그들의 덕질에 '헌신'이란 희귀한 개념이며 더 어리고 예쁜 여자 연예인이 나오면 언제든 갈아탈 준비가 돼 있다. 남성 범죄자들이 더 좋은 작품으로 보답하겠다는 피드백 한 줄과 함께 복귀하는 동안 여자 연예인들은 인성논란만으로도 활동이 끊기며, 사과문의 성의 없음을 검열받고 끊임없이 도마 위에 오른다.

물론 모든 여성과 남성이 저러한 특성의 덕질을 한다는 것은 아니다. 그러나 대부분의 남자들이 철저히 여성의 외모 위주로 가성비 덕질을 하는 반면, 여자들은 좋아하는 대상이 생기면 '다 퍼주고' 본다. 오죽하면 '육아 덕질'이라는 말까지 생겨났을까.

여자들은 덕질을 하면 기본적으로 자신이 아래임을 자처하며 나의 온 마음을 '바칠' 대상을 고른다. 한 마디로 동등한 위치의 사랑이 아니다. 나는 이것이 여자들이 끊임없이 존재를 증명하기를 요구받기 때문이라고 생각한다. 남성들은 아무것도 하지 않아도 인정받는 것에 익숙하다. 오히려 내가 좋아하는 상대를 평가한다. 그 위치에 익숙하기 때문이다. 하지만 여성들은 꾸미기도 하고 도시락도 싸고 돈으로도 '충성'을 보여 주며 끊임없이 사랑을, 관심을 어필한다. 그러지 않으면 내 존재가 증명되지 않을 것 같기 때문이다. 내가 사랑받고, 누군가에게 인정받아야만 내 존재가치를 느끼는 것이다.

내가 하는 이야기가 덕질 현재진행형인 독자들에게는 썩 기분 좋지 않은 이야기일 수 있다. 한 번도 떨어진 적 없는 구독자 수가 '탈덕시켜드립니다' 영상 시리즈를 올리자마자 후두둑 떨어진 일을 보면 말이다. 나도 덕질을 하고 있었을 때 이 글을 보았다면 글쓴이가 알지도 못하고 함부로 이야기한다며 코웃음 쳤을지도 모르겠다.

하지만 나는 덕질을 계속 하는 사람들이 이상하다고 생각하지 않는다. 오히려 가슴 속에 남들보다 더 크게 태울 수 있는 커다란 불꽃을 가진 사람들이라고 생각한다. 그런데 여자들의 덕질에서 그 불꽃은 대부분 자신을 갉아먹고, 결국에는 연소해 버리곤 한다. 나는 끊임없이 좋아하는 대상을 좇는 일만 했던 것 같다. 그 '일방통행' 덕질 속에서 나 자신은 찾아보기 힘들었다. 그리고 지금, 내게 남은 것은 없다.

'덕질도 하던 놈이 계속 한다'라는 밈(meme)이 있다. 함께 덕질하던 친구들과 오랜만에 연락이 닿으면 대부분이 또다른 덕질거리를 찾아 거기에 빠져 있다. 덕질을 하면 내가 가진 욕망을 마음껏 분출하고 쏟아부을 수 있기 때문이다. '덕질하던 놈'이던 내가 인생 처음으로 몇 년째 덕질을 하지 않고 있는 지금, 욕망을 어디에 풀고 있을까?

처음에는 어색했다. 무언가를 향해 계속 열광해야 하는데 그 대상이 없는 것이다. 그래서 끊임없이 빠질 만한 컨텐츠나 연예인을 찾았고, 눈에 들어오면 빠질 구실을 만들어 사진을 저장하는 것을 시작으로 가볍게라도 덕질하려고 노력하곤 했다. 그런 과도기를 지나 지금은 TV 시청은커녕, 친구들이 산속에 사냐고 할 정도로 어떤 아이돌이 나오는지조차 모른다. 그렇다고 내 본능적 '덕질 DNA'가 없어진 건 아니다. 무언가에 풍덩 빠질 수 있는 욕망과 열정은 그대로다. 나는 계속해서 나만의 취향을 발굴하고, 찾아내고 있다. 누군가 떠먹여 주고 나는 받아먹으며 열광할 뿐인 그런 취향 대신, 내가 진짜로 좋아하고 즐길 수 있는 것들. 생각보다 나는 더 섬세하고 예민하며 취향이 명확한 사람이었다는 걸 이제서야 알게 되었다.

최근에 여성 작가들이 쓴 여성서사 소설을 많이 찾아 읽고 있는데, 신기한 건 주인공이 여자인 것만으로도 느낌이 아주 다르다는 것이다. 여성을 사랑하는 다른 여성이 쓴 이야기를 읽으면 어느새 그 작품에 푹 빠지는 것은 물론, 나 또한 다른 여성들을 더 잘 이해하고 사랑하게 된다. 내가 당사자가 되어 작품을 즐기는 그 따뜻한 느낌과 충만함은 말로 표현하기 어렵다.

그렇게 다른 여성의 목소리에 귀 기울이기 시작하자 일어난 경험은 놀라웠다. 내가 몰두하는 대상이 타인이나 허상의 무언가가 아닌, 나와 내 주변의 여성들로 바뀌었다. 비로소 내가 서 있을 땅을 찾은 느낌이었다.

여자들이 마음 속에 간직하고 있던 불꽃이 서로의 손을 잡으면 거대한 불꽃이 된다. 일방적으로 고립되어 있던 나만의 불꽃 대신, 이젠 활활 타오르는 불꽃 주위로 다른 여자들과 둘러앉아 서로의 욕망에 대해 이야기 나눈다. 덕메(덕질메이트)들과 열광하는 연예인에 대해 떠드는 대신 친구들과 우리 자신에 관한 이야기를 한다. 요즘 꽂힌 취미생활, 열광하는 스포츠 종목, 맛있는 술집, 괜찮았던 소설, 오늘 화났던 회사동료의 여혐발언 등 대화 주제는 무궁무진하다. 내 불꽃은 더 이상 나를 태워 버리지 않는다. 나와 다른 여자들 사이를 이리저리 오가며 안정적으로 나를 따뜻하게 만들어 주고 있다.

우리는 좀 더 우리를 사랑할 필요가 있다. 나와 다른 여성들을. 여성의 욕망에 대해 다시 생각하고, 우리만의 언어로 사랑을 다시 정의하고 새로 써야 한다. 사랑을 줄 때도 받을 때도 나를 아래로 낮추지 않는, 주체적이고 건강한 사랑의 방식이 분명 존재한다. 자신을 사랑하는 건강한 여성 개개인이 '우리'를 인지하고 사랑하게 되었을 때 만들어 낼 시너지와 무궁무진하게 펼쳐질 여성서사가 기대된다. 모든 여자들이 '나 덕질'을 해 보기를.

나는 나를 덕질한다

에이

　　　　　나와 에스는 유튜브에서 덕질하지 말라는 영상을 장장 세 편에 걸쳐 제작한 적이 있다. 둘 다 과거 연예인을 대상으로 엄청난 덕질을 했던 경험자로서 우리가 어느 정도까지 했었는지, 왜 유해한지, 왜 그만둬야 하는지에 대해 얘기하려 부끄러운 부분까지 전부 까발렸다. 낭비된 자원들을 현실적으로 계산하되 재미를 더한 영상으로 나와 같은 실수를 하는 여성이 더는 없길 바라며 덕질의 의미와 이유를 다시 생각해 보는 계기를 만들고자 했다.

　사실 덕질에 열심이었던 시절을 '맞아, 나 덕질 꽤나 했었지' 하고 웃어넘길 작은 에피소드 정도로 기억하고 있었는데, 영상 촬영을 위해 각 잡고 덕질에 쓴 돈을 계산해 본 결과 1년 동안 쓴 덕질비용이 거의 그 당시 전세금에 맞먹었다. 웃고 떠들며 즐겁게 촬영했지만 그날 밤엔 속이 좀 쓰렸다.

물론 그 돈을 덕질에 쓰지 않았어도 다른 데 다 썼을 거란 것과 행여나 모았더라도 전세 계약은 못했을 거란 건 안다. 다만 확실한 건 허공에 의미 없이 흩어진 내 돈과 시간, 정성은 되돌릴 수 없다는 사실이다.

한 대상, 특히 남성 연예인을 향한 여성의 맹목적인 사랑은 저 먼 과거 오빠부대 시대부터 폄하되어 다뤄졌고 빠순이로 불리며 무시당하던 시절을 지나왔다. 지금은 누군가를 좋아하는 사람을 빠순이가 아닌 덕후라고 부르며, 그들의 행동은 덕질이라는 단어로 정의된다. 특정 대상을 열정적으로 좋아한다는 본질은 동일하지만, 덕질이라는 단어는 단순히 한 가지 대상이나 주제에 몰두한다는 의미로 널리 쓰이고 있어서 좀 더 가벼운 느낌을 준다. 그렇게 덕후라는 단어는 이제 회사에서도 부장님이 장난삼아 꺼낼 만큼 일상생활 깊숙이 침범해 책이며 광고며 여기저기 쓰이고 있다.

내가 처음 연예인을 좋아했을 때는 연예인의 팬들을 '빠순이'라는 단어로 부를 때였다. 그 시절 빠순이는 학교도 뒷전, 가족도 뒷전, 세상물정 모르고 무작정 오빠만 따라다니는 여자아이들이었다. 그리고 그 무리 안에 내가 있었다. 내가 태어나서 처음 입덕했던, 그러니까 누군가에게 순식간에 빠져들었던 순간이 아직도 며칠 전 일처럼 기억난다.

그 무렵 나는 특별한 일 없이 늘 똑같이 등교하고, 하교하고, 케이블 채널에서 방영하는 해외 영화나 드라마를 보다 잠드는 게 반복인 밋밋하고 평화로운 일상을 지내고 있었다. 평소와 똑같이 지루하던 어느 날 같은 반 친구가 갑작스럽게 건넨 권유로 인생 첫 콘서트를 가게 됐다. 날짜가 임박한 티켓이었나 했던 것 같다. 아마 그 친구는 몇 번 공연을 다녀봤던 모양이었고, 조금이라도 더 앞자리를 사수해야 한다는 이유로 저녁에 시작되는 콘서트에 첫 차를 타고 가야 한다고 했다.

집과 학교 주변 지역을 벗어날 일이 없던 내가 난생 처음으로 친구와 단 둘이 지하철씩이나 타고 한강을 건너갔다. 한 번도 다녀 보지 않은 시간에 마주치는 대중교통과 거리는 생경했고 아무도 없는 새벽 적막을 깨고 걸어가는 일은 어쩐지 설레기까지 했다. 어린 여자애 둘이 아침부터 서성거리는 것을 가엾게 본 것일까? 아니면 같이 간 친구의 서글서글한, 친화력 좋은 성격 덕분일 수도 있겠다. 어쩌다 카메라 감독과 친해지는 바람에 부여받은 번호보다 공연장에 훨씬 일찍 들어갈 수 있었다.

콘서트라곤 했지만 지금 생각해 보면 단출하기 그지없는 곳이었다. 공연 장소는 강남 어딘가에 있는 홀이었고 수

용인원이 100명은 되었을까? 좌석 없이 스탠딩 구역만 있었지만 홀이 좁고 무대가 높아 맨 뒤에서도 공연하는 사람을 볼 수 있었을 것이다. 인터넷도 휴대폰도 널리 보급되지 않았고 최신 MP3 용량이 256MB이던 시절, 대중문화에 전혀 관심 없던 중학교 3학년에게 태어나서 처음 가 보는 공연장이 어찌나 대단해 보였던지. 긴장 속에서 기다림이 지나고 공연이 시작되자 나는 완전 미쳐 버렸다. 텔레비전에서만 보던 유명인, 무대에서 느껴지는 에너지, 즐기며 열광하는 사람들이 뿜는 열기…… 대기 시간엔 낯선 분위기에 압도되어 눈치만 보고 쭈뼛거리던 나는 옆에 있던 친구를 잃어버린 것도 모른 채 처음 보는 사람과 어깨동무까지 하면서 즐기게 됐다. 너무 즐긴 나머지 미주신경성실신으로 중간에 공연장을 나와 구급차를 탈 수밖에 없었지만 아직도 무대연출을 위해 분사되는 스모그 냄새를 맡으면 그 당시의 기분 좋은 떨림이 느껴진다.

난데없이 쏟아진 새로운 상황들 때문에 오른 흥분은 쉽게 가라앉지 않았다. 학교와 집만 반복하던 일상을 벗어나 특별한 경험을 한 아주 멋진 사람이 된 것만 같았고, 다시금 그 강렬한 감정들을 느끼고 싶었다. 나는 그렇게 앨범을 사고, 팬카페와 팬클럽에 가입하고, 공개방송, 대학 축제, 팬미팅, 사인회, 단독 콘서트, 내가 좋아하는 오빠들이 게스트로 나온다는 타 가수의 콘서트까지 죄다 찾아다니며 내가 할 수 있는 모든 것을 했다. 지하철 두 정거장 거리의 학교를 매일 왕복 2시간씩 걸어 다니면서 교통비를 저축하고, 그 돈으로 선물을 살 정도였다.

내가 좋아하는 것을 왜 좋아하는지, 어떤 부분이 좋은지 아주 미세한 부분까지 공유하고 공감할 수 있는 상대는 꽤 든든한 아군이다. 새로 사귄 팬 친구들과 좋아하는 대상을 주제로 이야기를 나누며 밤이 새는 줄도 몰랐고, 그 행복에 중독되어 내가 지금 잘못되고 있다는 사실도 알지 못했다. 무리를 지어 서울 방방곡곡을 누볐고, 가족보다 자주 봤던 그 친구들을 따라 나는 이유 없는 가출까지 했다. 오빠들을 조금이라도 더 가까이 보려면 스케줄 전날 밤부터 대기해야 하는 게 마땅했고, 친구들은 밤을 새는데 나만 집에 가야 하는 게 싫었다.

같은 연예인을 좋아한다는 이유만으로 친해졌던 친구들은 더 자주 스케줄을 따라다닐수록, 더 많은 돈을 쓸수록 사랑의 크기가 크다며 서로 응원하고 부러워했다. 콘서트 티켓을 사기 위해 한겨울에도 길 위에서 밤을 새거나 3분짜리 공연을 응원하기 위해 첫차를 타고 방송국에 들러 번호표를 받느라 학교에 지각하면서도 우리는 덕질에 열정적일 뿐이지 이상한 게 아니라는 안도감을 서로에게 건네며 지옥으로 빠져들었다.

　자기파괴적이고 지독했던 내 첫 덕질은 대상 가수가 거의 망하면서 사그라드는 듯했다. 이미 내가 좋아하기 시작했을 때부터 나이가 많은 가수였기도 하고, 물의를 일으킨 멤버도 있었다. 자연스러운 수순으로 컴백은 계속 미뤄졌고 결국 다시는 돌아오지 않았다. 처음엔 기다린다고 했지만 친구들도 하나둘 떠났고 결국 눈에서 멀어지면 마음에서도 멀어진다는 그 말이 나에게도 적용됐다. 다른 여러 가수들을 거쳐 덕질하며 나이가 들었고 이전처럼 열광적으로 덕질을 하지 않게 되었다. 교복 입고 방송국 앞에서 밤을 새던 나에게 지나가는 어른들이 놀리듯 말하곤 했던 "나이 들면 이런 거 다 의미 없어져.", "크면 연예인 같은 거 안 좋아할 걸?"이란 말에 부합하는 멋진 성인이 된 것 같았다.

　덕질을 그만둔 이후 성숙한 어른의 세계가 펼쳐질 거라 생각했지만 감정을 쏟아내기만 하는 관계에 익숙해진 나는 상호작용하는 관계를 어려워했다. 무엇이든 적당히 관계 맺는 법을 몰랐고 덕질할 때처럼 일방적으로 감정을 퍼부었다.

그건 집착에 가까웠다. 집착할 대상이 없는 시기를 버티지 못해 애인이든 친구든 늘 타인의 사랑을 갈구했다. 친구들이 혹시 나를 빼고 만나는 건 아닌지 불안해했고 내가 모르는 얘기를 하는 걸 죽도록 싫어했다. 스스로의 문제점을 인지하지 못한 채 대상을 바꿔 가며 덕질하듯 인간관계를 맺었다.

한 번 시작한 과몰입은 내가 인지하지 못하는 사이 나를 좀먹고 있었지만 가만 생각해 보면 덕질이 준 장점도 있다. 나의 경우 덕질의 일환으로 각종 동꼬(동영상꼬랑지), 펜띠, 바탕화면 등을 만들며 습득한 포토샵 스킬과 HTML을 다뤘던 경험이 유용할 때가 있었다. 덕질하며 만난 친구들 중 앞으로도 오래 만날 것 같은 막역한 친구도 있다. 하지만 이러한 장점에도 불구하고 나와 에스는 흑역사까지 공개하며 덕질을 말렸다. 우리가 그랬듯 가볍게 시작한 덕질이 자칫하면 자신보다 덕질 대상이 우선시되는 자기파괴적인 덕질로 진화할 수 있기 때문이다. 어떤 사람들은 그 대상 없이 사는 것을 상상할 수 없을 정도로 그 대상이 소중한 존재이며, 자신의 삶의 이유라고 말한다. 내가 살아가는 내 인생에 자신보다 중요한 존재가 있는 게 맞는 걸까?

무언가에 깊게 빠진 나를 표현하는 단어가 생기는 일은

좋지만 (이게 왜 좋고 이런 부분이 좋다고 구구절절 설명하기보다 "저 이거 덕후에요." 하는 편이 훨씬 편하다) 자기 소모적인 방식으로 덕질을 하는 팬들은 여전히 있다. 기술이 발전하면서 더 다양한 컨텐츠와 굿즈가 나오고 있고 팬들의 통장은 아주 효과적으로 털린다. 이 정도는 괜찮겠지 하는 작은 마음으로 시작하는 덕질이 자기파괴라는 큰 덫 끝에 먹음직스럽게 걸린 미끼는 아닌지 잘 살피고 자신을 돌봐야 한다.

나는 덕질을 하고 중독과 중단의 방식으로 살아오며 내 자신을 잃었다. 내 관심사, 내 취향보다 다른 것에 더 관심을 두었다. 덕질 대상의 수많은 장점을 외웠고, 친구들의 의견이 곧 내 의견이 되었고, 사귀었던 애인의 취향대로 나를 맞추면서 현실에 존재하고 살아가는 나 자신의 취향은 점점 흐려져 갔다. 건강하지 못한 시간들이 휩쓸고 간 뒤 나는 어느 순간 내가 뭘 좋아하는 사람인지, 뭘 잘 하는지, 내 취향의 스타일대로 코디하려면 어떤 패션 아이템이 필요한지 그런 간단한 것조차 자신을 위한 것은 떠올리지 못하는 사람이 돼 버렸다. 나를 되찾기 위해선 바뀌어야만 했다.

나는 내가 잘 하는 방법으로 관계중독에서 빠져나왔다.

아주 진부하지만 스스로를 사랑하는 것이다. 내가 곧잘 하던 방식으로 나 자신을 덕질하는 건 생각보다 어렵지 않았다. 모든 것을 내 위주로 생각하고 행동했다. 편의점에서 덕질 대상이 좋아하던 음료를 고르고 같은 걸 마시는 것에 의미를 부여하며 행복해하던 예전과 달리 작은 음료 하나마저도 내 취향대로 고르는 것이다. 덕질 대상의 모든 것을 알고 싶어 혈안이 되었을 때처럼 나에게 무슨 장점이 있고, 어떤 단점을 가지고 있으며 어떤 날씨를 좋아하고 가장 좋아하는 음악은 무엇인지 관심을 가지면 된다.

남의 기분이 어떨지 생각하고 걱정하는 게 아니라 그 질문들을 스스로에게 물어보며 관심의 주체를 바꾸면 남이 좋아지더라도 내 인생의 중심에 있는 나를 지킬 수 있다. 나의 뇌 용량에서 타인이 차지하는 부분을 나로 바꾸는 게 나에겐 가장 효과적이었다. 이런 변화를 거치면서 내가 좋아하는 것에 에너지를 사용하는 방식을 중독되고 중단하는 관계가 아닌 책임지고 지속하는 쪽으로 점차 바뀠다.

지금 나는 온갖 계정 비밀번호에 좋아했던 멤버의 별명이 들어가 있고 통장 비밀번호가 좋아했던 멤버의 생일일 뿐인 사람이다. 좋아했던 마음은 사라져도 익숙하게 사용하던 비밀번호는 남아 있다. 아무 생각 없이 잘 사용하다가도 문득 '아 맞아, 이거 그 멤버 생일이었지?' 하며 그때를 떠올리고 바로 경각심을 가지게 된다.

이젠 예전처럼 타인의 하루를 궁금해하고 좋아하는 사람이 내가 싫어하는 모습을 보여 날 실망시키면 어떡하지 하며 전전긍긍하지 않는다. 남의 행복보다 나의 행복을 우선하는 자신에게 만족하며 사는 동안 나를 잘 알게 되었다고 생각했는데도 여전히 계속해서 새로운 모습을 발견하니, 지루할 틈이 없다. 그렇게 오늘을 살아간다. 나는 나를 덕질한다.

반대가 끌리는 이유

          누군가 나에게 인생의 터닝포인트가 언제냐고 묻는다면 나는 고민 없이 2019년이라고 말할 것이다. 에이와 내가 만나 혼삶비결이라는 이름으로 목소리를 내기 시작한 해이기 때문이다. (그리고 이 책이 나올 2022년도 그렇게 되길 바란다.) '혼삶비결'은 '비혼 여성들을 위한 클-린한 채널'이라는 슬로건으로 출발한 유튜브 크리에이터 듀오다. 최근 몇 년 사이 한국에서 리부팅된 강력한 페미니즘 바람과 함께 비혼이라는 키워드도 같이 떠올랐고, 우리가 가부장제의 메커니즘과 비혼, 페미니즘 이슈들에 대해 설명한 영상들은 여기저기 캡쳐 및 인용되어 현 세대 페미니스트들의 담론을 설명하는 자료로 쓰이고 있다.

    '비혼'이라는 단어는 한국에만 존재하는 단어이다. 자신의 언어로 번역할 수도 없는 이 현상을 외국에서는 매우 흥미로워했고 우리는 한국 비혼 무브먼트를 대표하는 사람들로 BBC나 블룸버그, ABC, 더 이코노미스트 등에 라디오, 다큐멘터리, 기사 등으로 여러 번 소개되었다.

혼삶비결과 관련된 추억들에 대해 각자의 시선으로 풀어 보기로 한 터라, 이 글을 쓰는 지금도 에이가 뭐라고 쓸지 매우 궁금하다. 2022년인 올해로 벌써 4년차를 맞은 혼삶비결이지만 우리 둘의 관계를 한 마디로 표현해 본다면 '반대가 끌리는 이유'라는 말이 가장 적절하겠다.

우리 팀의 팀원은 나와 에이뿐으로, 콘텐츠 구성에서부터 게스트 섭외, 자료 조사, 영상 편집까지 모든 일을 우리 둘이서 진행하고 있다. 그래서 우리에겐 서로가 전부이기 때문에 의사결정 과정에서 수많은 의견교환을 할 수밖에 없다. 그런데 팀원 둘의 성격이 달라도 너무 다르다. 아직까지도 종종 대화를 나누다 이렇게까지 다를 수가 있나 싶어 웃음이 터질 때도 종종 있다. 어떻게 말해야 잘 와닿을지 잘 모르겠으니 요즘 직장에서도 물어본다는 MBTI로 약식 대변해 보자면, 나는 INTP이고 에이는 ENFJ이다. 한 글자 빼고 다 다른 것이 벌써 안 맞을 각이 나오지 않는가?

구독자 분들도 우리의 사사건건 다른 모습을 재미있어했고, 흥미로운 그림이 나오겠다는 생각에 MBTI 반응 차이

영상을 찍은 적이 있는데 정말 단 한 질문에도 똑같이 대답하는 법이 없었다. 예를 들면 무인도에 표류됐을 때 어떻게 하겠냐는 질문에 에이는 '여기저기 돌아다녀 보겠다'라고 하고, 나는 '글을 쓸 도구를 찾겠다'라고 대답하는 식이다. 또 나는 인간관계가 좁고 깊은 반면에 에이는 (본인 말에 의하면) 넓고 얕은 인간관계를 가진, 한마디로 마당발이다. 나는 감정보단 이성이 앞서고 감정변화도 별로 없는 편이라 주변에서 로봇 같다는 말을 듣곤 하지만, 사람을 너무 좋아하는 에이의 별명은 '리트리버'다. 주변 사람들에게 공감도 잘 해주고, 옆에서 보고 있으면 뭐가 저렇게 재미있는 일이 많을까 싶을 정도로 잘 웃는 에너지 넘치는 사람이다. 게다가 일을 할 때도 나는 계획보다는 떠오르는 아이디어부터 마구잡이로 던지곤 하는데 에이는 계획을 세운 후 거기에 따라야 하는 타입이라, 쏟아져 나오는 나의 아이디어들이 계획을 자꾸 변경시킨다며 스탑!을 외칠 때가 많다.

우리 사이의 유행어가 '안 맞다, 안 맞아'였을 정도로 다른 우리가 계속 한 팀으로 활동할 수 있었던 이유가 있다면 우리의 다름이 의외의 장점으로 작용했기 때문이라고 생각한다. 서로 잘 맞고 이해하고 있다고 생각한 친구와 의견 충돌이 일어나면 우리는 굉장히 실망하고 만다. 하지만 우리는 서로가 뼛속까지 다른 것을 너무 잘 알고 있기 때문에 의견이 충돌하면 '역시 이번에도 다르군!' 하고 한 사람이 빠르게 양보하게 된다. 먼저 다가가거나 연락하는 걸 어려워하는 나와 달리 에이는 아홉 번 넘어지면 열 번 다가가는 사람이기 때문에 균형이 잘 맞는다(그런 부분에서 늘 고마움을 느끼고 있다). 또, 같은 사건을 다른 시각으로 보기 때문에 서로가 미처 보지 못하는 부분을 채워 줄 수 있어서 한층 풍부한 영상을 만드는 데에 도움이 되기도 한다.

　사람들의 관심이 집중됨에 따라 사람들은 우리가 만드는 콘텐츠뿐만 아니라 우리에 대해서도 궁금해하기 시작했다. 그중에서도 우리가 원래부터 친구였는지에 대한 질문이 가장 많았는데, '원래'의 기준을 어떻게 잡느냐에 따라 달라지겠지만 오래된 친구를 뜻하는 거라면, 땡! 틀렸다. 우리는 2018년 10월에 처음 만났다. 그러니까 유튜브 시작 시점에서 봤을 때는 고작 만난 지 4개월 남짓 된, 알아 가는 단계의 친구였다. 에이는 그때 나를 벌써 절친이라고 생각했다고 했지만 말이다. 구독자들은 우리가 매우 친해 보여서 최소 10년지기는 되는 줄 알았다며 놀랐다.

만난 지 4개월밖에 안 된 사람과 동업이라니! 지금 생각해도 무엇에 홀렸던 게 분명하다. 나는 동업을 할 때 가장 중요한 세 가지가 신뢰, 가치관, 성격이라고 생각하는데 그때 에이에 관해 아는 거라곤 보라색과 사람을 심각하게 좋아한다는 것과, 나랑 여성주의적 가치관이 통한다는 것뿐이었다. 어쨌거나 그중 한 개는 정말 꼭 맞았으니 나름 괜찮은 상대라고 생각했다. 어떻게 보면 특별한 사명감을 가지고 유튜브 채널을 시작한 것이 아니었기에 가능했던 결정이었다.

가치관이 잘 맞고 나이대도 비슷했던 우리는 자주 만나 이야기를 나눴는데 그 이야기란 게 결국엔 토론이 되기 일쑤였다. 평소엔 말이 없지만 관심사 한정 투머치토커가 되는 나와, 원래도 리액션과 말이 많아 나의 말을 잘 이끌어 주는 에이는 술 한잔을 시켜 놓고 앉아서 이야기를 하다 보면 두세 시간이 지나 있곤 했다.

일단 우린 하고 싶은 말이 너무 많았다. 그렇게 함께 마신 술과 커피가 몇십 잔은 되었을 때쯤 우리의 얘기는 '결혼은 미친 짓이다', '비혼을 해야 한다'에서 그치는 게 아니라 각종 통계와 이유, 사례들로 조목조목 살이 붙어 있었다. 그것은 어떤 층위에서 접근해도 끊임없이 같은 결론으로 귀결되는 한 장의 완성된 이론이었다. 여성들의 이야기는 스스로 써

나가지 않으면 잊히거나 폄하되기 십상이기에 우린 이 이야기를 무조건 어떤 형태로든 기록을 해야 한다고 생각했다. 생각만 앞서고 미루기엔 1인자인 나도 이번만큼은 얼른 실행에 옮기기 위해 동분서주했다. 되는 대로 날짜를 잡고 유튜브 채널 개설부터 완료했다. 입이 근질거려 참을 수가 없었다.

에이와 함께 유튜브 채널을 운영하기로 결정하고 다행이라고 생각한 것이 하나 있었다. 바로 분량이었다. 말도 많고 잘하는 에이가 있으니 카메라 앞에서 분량 걱정은 안 해도 되겠다고 생각했다. 그런데 웬걸, 본격적으로 영상 촬영을 시작하자 의외의 복병이 나타났다. 에이는 자신도 몰랐던 카메라 울렁증이 있었다! 첫 촬영에서 에이는 족히 3년은 써 왔던 본인의 디지털 카메라와 낯을 가리느라 계속 말을 더듬었고, 결국 10분짜리 영상을 촬영하는 데에 3시간이 걸렸다. 내 역할은 옆에서 잘한다고 계속해서 용기를 불어넣어 주고 기다려 주는 것이었다.

반대로 나는 멍석이 깔리면 딴 사람이 되었다. 나도 몰랐던 새로운 면이었다. 영상에서 보이는 모습은 평소의 우리와 정반대의 모습이라고 생각하면 된다. 평소 말이 없고 무덤덤한 나의 모습을 아는 사람이라면 놀라 나자빠질 일이다.

누군가는 해야 하는 이야기였고 같은 목마름을 느낀 여성들이 많았는지 다행히 우리의 영상들은 처음부터 반응이 좋았다. 처음엔 '기록하는 김에 다른 여자들도 보면 좋겠다' 정도로 시작했던 우리는, 이 채널을 통해 위안을 받고 다른 여성들과 연결되어 있음을 경험했다는 구독자들이 늘어나면서 점점 플랫폼으로서의 기능을 하기 시작했다. 우리는 더 많은 여자들이 이 채널을 통해 서로 연결되고 사회에서 버틸 수 있는 힘을 얻으면 좋겠다는 생각에 집중했다. 그러려면 온라인에서 오프라인으로, 실체가 있는 지속가능한 인연으로의 전환이 필수였다.

2019년 추석에는 여성들이 명절 스트레스에서 벗어나 신나게 놀고 새로운 커넥션을 만들 수 있는 자리를 기획했다. 지역별, 종사업계별로 나뉘어 앉은 테이블에선 이야기 소리가 끊이지 않았고, 그 뒤로도 꾸준히 연락을 이어 가고 있다고 들었다. 어딜 가면 우리를 알아보는 사람들이 늘어나기 시작했고, 평생 잊지 못할 감정과 경험들을 많이 했다. 물론 다른 쪽으로도 잊지 못할 감정들을 겪었지만.

평생 얼굴을 팔아먹고(?) 살 게 아니라면, 직장 동료에게 들키지는 않을까 하는 걱정을 항상 안고 있을 수밖에 없다. 혹여나 그들의 유튜브 알고리즘에 우리의 영상이 뜨는 상상을 하면 아찔해지곤 한다. (그렇다. 우리는 직장인이다.) 브이로그도 직장 동료들에게 굳이 알리고 싶지 않아 하기 마련인데, 우리는 주제가 주제이다보니 더욱 우려될 수밖에 없다. 이전엔 '뭐, 구독자도 많지 않은데 설마 나를 알아보겠어?' 하는 마음으로 길거리를 다녔었다. 그런데 남초 사이트에서 좌표가 찍혀 집중 공격을 받은 후로는 길거리의 누군가가 나를 알아볼 수도 있겠다는 생각이 들었다. 몇 달간은 길에서 마주친 남자나 직장의 새로운 남자 알바생이 나를 빤히 쳐다본다거나 하면 '혹시나?' 하는 생각에 움찔하곤 했다.

그때를 생각하면 '페미니즘이 어때서! 내가 왜 두려워해야 하지?'라며 울컥하고 뻔뻔한 마음이 들다가도 또다시 영상에 댓글이 많이 달린다거나, 조회수가 몇십만 회씩 터지는 날에는 그 기쁨을 충분히 누리지 못하고 '쭈굴모드'로 전전긍긍하기도 한다.

다행히도, 이런 일이 생겼을 때에도 나와 정반대인 파트너가 큰 도움이 된다. 평가나 공격에 민감한 나와는 달리, 한 귀로 듣고 잘 흘려 버리는 무던한 에이의 성격이 내가 더 날카로워지는 것을 막아 준다. 그럴 땐 평소에 맞지 않아서 투닥거렸던 것들도 잊고, 내 단점을 보완해 주는 좋은 파트너가 있다는 사실이 한없이 고마워진다.

지금 우리는 바쁘게 달려온 날들을 뒤로하고 잠시 쉬어 가는 시간을 가지고 있다. 모든 활동에는 휴식이 필요하기 마련이다. 사회적 이슈에 대해 앞장서야 하고 보수가 따르지 않는 활동이라면 더욱 더.

사람들에게 "대의를 위해 앞장서서 목소리를 내다니 너무 대단해요."라는 말을 자주 듣게 된다. 뭐, 결과적으로 대단한 일들을 해 나가고 있다고 생각하긴 하지만 위에서도 말했듯 그 동기는 전혀 거창하지 않았기에 이런 평가가 아직도 어색하다.

혼삶비결을 아는 사람들은 나를 인간 에스이기에 앞서 '비혼 활동가, 혼삶비결'로 인식한다. 얼굴을 드러내고 페미니즘을 주장하는 사람들은 그리 많지 않기에, 내가 하는 사소한 말들도 정치적인 기능을 하곤 한다. 그러다 보니 어느새 사명감이 내 어깨 위에 더해졌다. 부담감은 자연스레 따라왔다. 혹시나 내가 라이브방송 도중 무심코 뱉은 말에 악영향을 받을 사람은 없을지, 하나하나 살피게 된다. 나 개인에 대한 비판이 채널의 흠집으로 바뀌기도 하기에 새로운 사람을 만날 때도 행동을 조심하게 된다.

나는 특정 사람이 한 집단을 대변하는 지표가 되는 현상을 경계한다. 한 개인은 절대로 어떤 집단의 대표가 될 수 없다. 모든 사람은 수많은 면으로 이루어진 입체적인 존재이기 때문이다. 그래서 나는 앞으로도 내가 가는 길에 특별한 사명감을 가지지 않으려 한다. 계속해서 목소리를 내기 위해서는 나는 그저 하나의 개인일 뿐이라는 감각을 계속 유지하는 것이 중요하다. 누가 시킨 게 아니다. 내가 선택했을 뿐이다. 좀 어려운 길일 건 알고 있었지만 어쩌겠는가, 내 발은 이미 그 길목 앞에 놓여져 있었고 내 입은 근질거렸는걸.

누군가는 '진짜 대책 없네'라고 생각할 수도 있다. 도전보다는 안정을 기대하게 되는 나이에 당장 한치 앞도 알 수 없는 길을 가고 있으니까. 하지만 '에라 모르겠다'라는 심정으로 계속해 보려 한다. 내가 지금 당장 해야 할 것, 내가 지금 말하고 싶은 것을 말하는 것 자체에 의미가 있기 때문이다. 우리의 목소리를 기록하기 위해, 그리고 그 기록이 과거의 우리와 같은 고민을 하고 있는 누군가에게 도움이 되었으면 하는 마음에서 혼삶비결을 시작했듯이, 이 책도 부디 적절한 독자층에게 닿아 치유와 깨달음을 주길 바란다. 반대라서 더 빛을 발하는 에이와 나의 케미가 앞으로도 쭉 발휘되길!

건설적이고 혹독한 관계

(에이)

         나는 어릴 때부터 익명성을 좋아했다. 아무도 나를 모르는 공간에서는 어두운 기억이나 어려운 형편 따위 없는 것처럼 굴면 사람들은 내 말을 곧잘 웃으며 들어줬다. 익명성에 취해 남에게 피해가 갈 거짓말을 하거나 불법을 저지르지는 않았지만 인터넷상의 나는 현실의 나보다 왠지 좀 잘나 보였고 자신에 차 보였다. 그 익명성을 지키기 위해 주기적으로 닉네임을 바꾸고 내가 남긴 흔적들을 지웠다. 그랬던 내가 내 얼굴을 걸고 영상을 만들고, 글을 쓰게 됐다. 유튜브에 영상으로 남긴 것들과 이 책으로 남게 될 글들이 사라지지 않고 돌고 돌아 미래의 나에게 어떤 나비효과를 가져올지 모르지만 나는 시작했다. 혼자였다면 엄두도 내지 못했을 이 행보는 나와 지향점이 같은, 내 옆에 함께해줄 동료가 생김으로써 단숨에 가능한 일이 됐다.

2018년 가을은 여러모로 특별한 때였다. 불편한 용기 시위를 기점으로 페미니즘 물결이 본격적으로 대두되기 시작했고, 나는 결혼주의자에서 비혼주의자로 바뀌었으며 우리 집 막내 땅콩이도 입양했다. 에스를 만난 것도 그 무렵이었다.

불편한 용기 시위 이후 나는 180도 바뀌어 버린 내 생각을 나눌 사람이 필요했고, 이 모임 저 모임 염치 불고하고 일단 들이밀 수 있는 데는 다 들쑤시고 다녔다. 그 당시 들어간 모임들에서 TMT(Too Much Talker) 기질을 한껏 발휘해 금세 자리 잡고 불도저처럼 밀어붙여 사람들이 다 같이 모이는 자리까지 만들었다. 일주일에 서너 개씩 약속이 잡히기 시작했고, 대화하는 재미로 사는 TMT에게 친구들과 가치관이 달라져 하고 싶은 말을 못 했던 기간이 참 힘들었나 보다. 새벽 늦게까지 졸음도 잊은 채 이런저런 페미니즘 담론에 대해 이야기하다 잠들고, 아침에 눈을 뜨자마자 또 다시 이야기가 시작되는 나날이었다.

하루 두세 시간밖에 못 자면서도 무슨 할 말이 그리도 많은지 잠시 대화를 놓치면 흐름을 따라잡기 힘들 정도였다. 에스랑 만나게 된 모임도 그중 하나였다. 에스는 TMT들에게 에너지가 빨린다며 힘들어하곤 했는데 처음 만난 날 찍은 사진을 보면 정말 영혼이 빨린 듯한 표정을 하고 있다.

매일 밤 이야기하는 유익한 내용들이 우리 사이에서만 흘러가는 것이 아쉽다는 생각이 들었을 때, 주변에서는 간단한 영상이라도 일단 올려 유튜브 채널을 시작부터 하자는 이야기로 울렁거리고 있었다. 내가 또 이런 흐름에 뒤처질 수 없지. 뭘 올릴까 혼자 고민만 한두 달 정도 했던 것 같다.

'얼굴이 나오는 건 절대 안 돼. 대놓고 페미니즘 얘기는 하지 말고 비혼인 일상 브이로그만 잔뜩 올릴까? 중국차를 좋아하니까 중국식 다도 영상을 올려 볼까? 아니면 페미니즘 책을 읽어 주는 채널도 괜찮을 것 같은데.'

하고 싶은 게 생길 때마다 유튜브에 검색을 해 봤다. 생각한 분야마다 대단한 채널들이 마치 어디 한 번 덤벼 보란 듯 버티고 있는데 사실 난 유튜브를 잘 보지도 않는 사람이었다. 만약 에스 없이 혼자 유튜브 채널을 시작했다면 일주일 만에 때려치우지 않았을까 생각한다.

유튜브가 이렇게 손이 많이 가는 거였다니! 영상 컨셉과 흐름을 잡고, 촬영하고, 편집하고, 썸네일을 만들고, 제목과 더보기를 고민하고, SNS에 업로드하고…… 애초에 영상 콘텐츠를 즐겨 보지도 않던 사람이 태어나서 처음 보는 영상 편집 프로그램으로 콘텐츠를 만들려니 손과 머리에 쥐가 났다.

처음엔 10분짜리 영상 하나 찍는 데 3시간, 편집이 열흘이나 넘게 걸렸다. 그 열흘도 회사 점심시간과 주말을 모두 반납하고 매일 새벽 서너 시까지 편집한 결과물이었다. 외부의 일보다 더 힘들었던 건 극과 극을 달리는 우리의 다른 성향을 알아가는 일이었다. 문제를 대하는 태도나 일 처리 방식 역시 너무 달랐고 친구와 일해 본 경험이 한 번도 없던 우리는 친구가 아닌 동료인 서로를 어떻게 대해야 할지 몰라 시행착오를 거듭했다.

처음 1년 반 정도는 일 얘기 99%, 스몰토크 1% 정도의 비율로 하루도 빠짐 없이 매일 연락했던 것 같다. 그렇게 채널을 어떻게 운영할지 좌충우돌하던 시기가 지나고 안정기가 찾아왔다. 쉬지 않고 계속해서 할 일을 찾으며 살던 내 방식과 힘들 때면 잠시 내려놓고 쉬어 가는 에스의 방식이 적당히 섞인 우리만의 방식이 만들어졌다. 슬럼프가 올 때는 멈추지 않는 내 추진력을 사용했고 너무 쉼 없이 달려 멈춤이 필요할 땐 에스의 자제력을 사용했다. 그런데 언젠가부터 부업인 유튜브 채널의 업무량이 본업의 업무량을 훨씬 뛰어넘어 버렸다. 그렇다고 생활비의 원천인 본업을 소홀히 할 수도 없으니 우리가 만성피로에 시달리는 건 어쩌면 당연한 수

순이었다. 휴식이 필요했다.

채널을 운영하며 함께하는 시간이 늘어날수록 서로에 대해 알게 되는 것도 많아졌다. 우리가 서로를 이해하는 데 도움이 많이 된 건 MBTI다. 나는 느낌 따라 선택하고 마음 끌리는 대로 행동하는 저세상 F(감정형)이자 J(판단형)이고, 에스는 모든 일엔 이유가 있다는 말을 나에게 꽤 자주 하는 파워 T(사고형) 이자 P(인식형)이다.

내가 좋아했던 에스의 칼 같은 성향은 채널을 시작하면서 가장 무서운 부분이 됐다. 나는 그냥 이게 좋을 것 같은데 그게 왜 좋냐고 물어보면, "그냥 좋을 것 같아서……"라고밖에 말을 할 수 없었고, 나의 이 강렬한 느낌을 모든 일엔 이유가 있다는 에스가 납득할 수 있도록 설명하는 게 너무 어려워 한동안은 연락이 오면 심장이 철렁하기도 했다.

유튜브 채널 운영을 잠시 쉬는 동안, 중구난방 튀는 내 생각들을 잡아 줄 계획이 없어지자 무슨 일을 먼저 해야 할지 갈피를 잡기가 힘들었다. 쉬는 동안에도 해야 되는 일은 계속 밀려들고 며칠에 한 번씩은 함께 결정할 일이 생기는데 당최 집중을 할 수가 없었다. 중간중간 쉬었던 시간이 내 방향감각을 흐트러뜨린 것만 같았다. 다행히 내가 몇 번이나 길을 헤매도 옆에서 길을 알려 주고 다시 함께 걸어 줄 에스가 있어 완전히 길을 잃지 않고 항상 제자리로 돌아올 수 있었다. 그렇게 우린 5년 동안 좋은 일에 함께 기뻐하고, 나쁜 일은 함께 견뎠다.

책을 쓰는 건 에스의 오랜 숙원이었다. 대화 중 내 입으로 나오는 발언을 다시 내가 들으며 생각을 발전시켜 나가는 나와 달리 스스로 질문하고 고뇌하고 답을 찾는 에스는 글을 쓰는 것으로 어느 정도 속에 있는 무언가가 해소된다고 한다. MBTI 영상에서도 에스는 무인도에 떨어졌을 때 조난당한 배의 돛에 글을 쓴다고 할 정도로 창작욕구가 엄청난 친구다. 그런 친구와 나는 혼삶비결이라는 이름으로 함께 하고 있고, 나라면 절대 하지 않았을 일도 우리 중 누군가 강렬하게 하고 싶어 하면 할 수밖에 없다. 마치 에스가 나의 꼬드김에 못 이겨 오프라인 명절 파업 행사를 기획했듯이 나도 에스의 걸음에 발맞추려 노력한 결과가 바로 이 책이다.

나에게 글이란 건 그저 지나간 일을 잊지 않기 위해 기록할 때 필요한 도구였다. 초등학생 때 방학숙제를 위해 억지로 쓰던 일기처럼 '오늘 친구랑 놀이터에서 놀았는데 재밌었다. 넘어져서 울었는데 에스가 달래 줘서 괜찮아졌다. 내일도 에스랑 놀고 싶다.' 정도의 수준이었다. 에스에게 영상 편집 프로그램을 배웠던 것처럼 나는 또 글 쓰는 스킬을 배우고 공부했다.

글 쓰는 활동은 생각보다 유익했다. 글을 쓰는 창작 과정을 통해 차근차근 과거를 되돌아보며 내가 무엇을 원하고 앞으로 어떻게 전진할지 구체적으로 그려 볼 수 있다. 또한 글을 씀으로써 두루뭉술했던 내 느낌의 이유를 찾고 타인에게 나를 좀 더 잘 설명할 수 있게 됐다. 이렇게 나를 성장시키고 혼자라면 엄두조차 내지 않았을 다른 스킬을 배울 수 있는 건설적이고 혹독한 관계가 지금의 사이다.

이전까진 과연 좋으면서도 불편한 이 관계가 친구 사이가 맞나, 동업자를 얻고 친구를 잃은 것 아닌가 하는 생각이 들기도 했지만 내 고집대로 고착돼 버린 생각에 불을 질러 주고, 익숙하고 안온한 환경에 녹아내린 몸을 일으키게 해 줄 불편함이 없다면 고여서 썩어 버린 '아마도 예전엔 페미니스트였던 사람'이 되고 말 것이 분명하다.

가끔 사람들이 서로의 첫인상을 물어보거나 처음 만났을 때의 이야기를 궁금해할 때면 내가 에스에게 엄청 들이댔다는 이야기를 꼭 한다. 그때의 나는 인생에 페미니즘이란 태풍이 등장한 지 얼마 안 돼 알에 막 금이 가고 있는 햇병아리 수준이었는데, 에스는 내면에 가득 쌓아 올린 자신만의 주관으로 내가 고민하는 부분에 대해 항상 새로운 시각을 제시하며 고민을 뚝딱 해결해 줬다. 지금보다 더 생각 없고 우유부단한데 엄청난 행동파였던 나는 나와 정반대인 에스가 너무 좋았다. 생각 많고 결단력도 있는데 행동력이 부족했던 에스도 내가 좋지 않았을까? (나는 우리 팀에서 '밑도 끝도 없이 긍정적으로 생각하기' 부분을 맡고 있다.)

내가 만약 에스를 만나지 않았다면, 만났더라도 유튜브 채널을 함께 시작하지 않았다면 어땠을까 가끔 생각한다. 혹은 나에게 불편함을 안겨 주는 에스를 받아들이지 않고 편한 길로만 가려 했다면 어땠을까. 나와 모든 것이 정반대인 친구를 만나 경제공동체로 묶이면서 반쯤 울며 겨자 먹기로 배우게 된 것이 많다. 에스와 함께 채널을 운영하며 불편함과 친구라는 단어가 공존할 수 있다는 사실을 알고 나는 더 성장했다. 불편함과 불쾌함의 사소한 차이를 알아채야 한다. 불쾌함을 주는 친구는 거리를 두고, 불편함을 주는 친구는 곁에 둬야 한다. 나는 우리가 계속 서로의 발전을 응원하며 그 길을 함께 걸을 수 있는 친구이자 상대의 안일함을 건드려 주는 불편 전도사이길 바란다.

사람들이 우릴 보고
비혼메이트라는데

유튜브를 시작하자고 마음먹고 처음으로 기획한 영상은 세 편이었다. 말하고 싶고 보여 주고 싶은 게 너무 많았다. 하루에 세 편 다 찍어 버리자고 하면서 호텔을 예약했다. 유튜브 계정 비밀번호에도 그 호텔 이름과 촬영 날짜가 들어간다. 두말할 것 없이 처음으로 찍자고 한 영상은 비혼에 관한, 정확히 말하면 여성들에게 비혼을 권하는 영상이었다. 왜 비혼을 해야 하는지 여자들이 한 번에 알 수 있도록, 결혼제도의 부당한 점을 낱낱이 파헤쳐서 10분이라는 시간 안에 간결하고 임팩트 있게 전달하고 싶었다. 두근거리는 마음으로 만들고 올린 첫 영상, 〈결혼은 거대한 가부장제의 세뇌? 비혼으로 살아남기〉는 지금도 동영상 목록의 가장 첫 번째 칸에 자리하고 있다.

롱패딩을 입지 않으면 집 밖으로 나올 엄두가 나지 않을 만큼 추웠던 2월이었다. 그리고 우리의 첫 촬영 날이었던 2019년 2월 5일은 마침 설 당일이었다. 아니, 잠깐만. 이거 비혼 여성으로서 영상에 담기 너무 좋은 소재 아닌가? 어차피 우리는 둘 다 전통적 명절의 풍경에서 멀리 떨어진 지 오래된 사람들이었다. 부쳐야 할 전도 없고, 잔소리도 없는 우리의 명절을 보여 주면 어떨까? 주변만 둘러보아도 의지와는 상관없이 울며 겨자먹기로 할머니 댁으로 끌려가 내 가치관과는 몇십 년은 족히 떨어진 듯한 말들을 실시간으로 들어야 하는 친구들이 있었다.

'여자애가 조신하게 앉아야지', '여자애가 살이 쪄서 어떡하니. 살 좀 빼라', '여자가 공부 많이 해 봤자 소용없다. 남편 내조나 잘 하면 그만이야'……

여자, 여자, 여자……. 여자 대신 사람이라는 단어를 넣으면 이상하게 들렸을 말들. 그런 말들을 십 수년에 걸쳐 계속 들으며 부엌에서 엄마를 도와 전을 부치노라면 종래엔 남아선호사상의 집약체인 명절 자체에 이골이 나게 마련이다. 일찌감치 '탈집'한 나 또한 몇 년이나 '탈명절노동'을 하지 못했고, 썩은 무인 줄 알면서도 한 번에 썩둑 잘라 내지 못하는 내 자신에게 자괴감까지 들었던 지난 몇 년이 떠올랐다.

이거 괜찮은데? 명절 관습 따윈 전혀 신경쓰지 않고 잘 놀고 잘 먹는 여자들을 보는 것만으로도 많은 사람들이 용기를 얻을 수 있지 않을까 싶었다. (일단 많이 봐 줘야 성립할 얘기지만 말이다. 하지만 우리는 영상에서 0명이었던 구독자 분들께 와인잔을 들고 치얼스도 했다.) 왜, 불만을 토로하면서도 다들 꾸역꾸역 하고 있으면 슬그머니 치켜들었던 손을 내리고 주변에서 하는 대로 하게 되지 않는가? 혼자 튀는 행동일까 망설였던 여성들에게 힘이 되고 싶었다. 나 이렇게 잘 살아가고 있다고, 기록하고 싶었던 마음도 있었다.

명절에 비혼 여성 둘이 호캉스를 가는 컨셉이 좋겠다! 우리는 명절 당일이라 아무도 다니지 않는 서울 도심의 대로를 누비고, 한산한 마트에서 먹고 마실 것들을 마음껏 고르고, 웃고 떠들며 호텔 방으로 왔다. 넷플릭스도 보고, 하나부터 열까지 다 다를 것 같다가도 노래 들을 때는 취향이 찰떡같이 잘 맞아서 1990~2000년대 가요도 마음껏 부르고, 우리의 특기인 다리 찢기도 하며(우리는 둘 다 다리를 찢을 수 있다) 즐거운 하루를 보냈다. 비록 긴장 속에 첫 촬영을 하느라 쉬는 것보다 "컷! 다시 다시!"를 외치느라 쓴 시간이 더 길었지만…… 다음날 지하철을 잘못 타서 곯아떨어지는 바람에 과천까지 가 버린 것까지 완벽한 명절의 마무리였다.

〈이렇게 평화로운 명절은 처음이야!〉라고 달았던 제목에 걸맞게 '대리만족 하고 갑니다', '나도 이렇게 살거임. 개 좋아 보인다', '보는 내내 유쾌했다. 다음 명절 땐 이렇게 시간을 보내겠다'라는 댓글들이 달렸다. 인기 댓글 순으로 정렬했을 때 상위에 있었던, 21세기가 대변동의 시기 같다는 왠지 사명감을 갖게 되던 댓글도 기억에 남는다. 그렇게 어느 순간부터 비혼 여성들의 명절나기는 혼삶비결의 고정 컨텐츠가 되어 버렸다.

2019년 추석에는 서울과 대구를 오가며 비혼 여성들만의 오프라인 행사를 열었고, 2020년 설에는 둘이서 강릉 여행을……. 그러던 사이 자연스럽게 댓글창에선 '비혼메이트'라는 단어가 오르내리기 시작했다. 우리도 우리를 비혼메이트라는 단어로 규정하는 데에 익숙해지기 시작했다. 비혼메이트 에스와 에이. 비혼의 삶을 함께하는 메이트(친구).

그렇다면 비혼메이트는 친구를 포함하는 개념인가, 친구 안에 비혼메이트가 존재하는 것인가, 아니면 아예 따로 존재하는 개념인가. 새로 생겨난 이 단어의 범위는 어디까지이고 이 관계가 공유하는 것은 무엇일까. 생각들이 꼬리를 물고 이어졌다.

많은 여성들이 페미니스트로, 비혼으로 살기로 결심한 후 완전히 새로운 차원의 인간관계를 경험하게 된다. 운이 좋아서 이전에 알던 친구들과 함께 비슷한 생각의 전개를 이루어 나가는 사람들도 있지만, 대부분의 사람들은 페미니즘을 안 이전과 이후로 주변 인간관계의 선이 그어지게 된다. 마치 자아가 두 개라도 되는 것처럼 예전에 내가 속했던 마을과 새로 속하게 된 마을을 넘나들며 열심히 자신을 두 곳 모두에 적응시키려 노력한다.

이 여성들이 바라는 것은 예전 마을 사람들의 생각이 새로운 마을 사람들의 생각과 같아져서 종국에는 선이 불필요해지는 것일 것이다. 더 이상 선을 그을 필요가 없는 상태. 그러나 여전히 낡은 문법으로 말하는 사람들에게 그 경계를 넘어 보라고, 새로운 세계가 있다고 이야기해 보지만, 쉽지 않다. 그래서 결국 새로운 마을 사람들을 적극적으로 알아나가게 되고, 그 마을은 점점 커진다. 이제서야 숨통이 트인다. 낡은 세계의 규칙들에 반기를 드는 사람이 나뿐만이 아니라는 것을 확인하는 순간 급속도로 결속감을 느끼게 된다. 나의 변화를 뭐라고 설명해야 할지 고민하거나 눈치를 보다 적당한 타이밍에 입을 다물 필요도 없다.

하지만 이 새로운 마을에는 약간의 문제가 있다. 초-중-

고를 함께하고 대학시절을 함께하고 생활반경이 같아서 자연스럽게 친해진 이전 마을 사람들과는 달리, '페미니즘'이라는 한 가지 주제 아래에 모인 사람들이라는 것이다. 한 가지의 강렬한 공통점을 공유한다는 것은 무조건적인 빠른 결속을 약속하기도 하지만, 그만큼 끊어지기 쉬움을 의미하기도 한다. 또 비슷한 사건을 겪고 느끼기에 더 빨리 지치기도 한다. 새로운 마을을 찾아 떠나는 여자들이 점점 많아지고 있기에 이전보다 연결되기는 쉬워졌지만, 알고 보면 인간관계에 여전히 갈등을 느끼고 있는 경우가 많다.

나 또한 페미니즘을 알기 이전에 친하게 지내던 친구들 중에서 연락을 이어 가는 사람이 거의 없다. 지금 내 인간관계는 새로 생긴 마을의 사람들이 그 대부분을 차지하고 있다. 그러나 이전의 인간관계와는 달리 언제 헤어질지 모른다는 생각이 늘 마음 한 켠에 존재한다. 더 이상 그런 생각을 하지 않고 내 인생의 일부로 받아들이게 된 사람은 극소수인데, 에이도 물론 그중 한 명이다. 큰일이 생기지 않는 한, 내 미래의 어느 조각을 떼어 보아도 그곳엔 에이가 존재할 거라는 믿음이 있다. 같은 삶의 방식을 살아가기로 선택했고, 꾸준한 교류를 이어나가며 서로에게 긍정적인 에너지를 줄 수 있는 사이. 서로 이런 신뢰를 가지고 있다면, 그 존재가 바로 비혼메이트에 가깝지 않을까 생각한다.

어쩌면 여자들이 새로운 친구를 만드는 데 중요한 키워드가 강제성은 아닐까? 인간관계에 '강제'라는 단어를 붙이는 게 정 없어 보일 수도 있지만 취미 모임, 지역이나 직업 모임, 프로젝트 모임 등 내 생활 바운더리를 공유하는 어떤 것이든 관계를 지속해 주는 '강제성'이 될 수 있다. 중요한 것은 내 일상의 한 부분을 함께한다는 것이다. 생각해 보면 이전의 친구들은 다 다른 모양으로 생겼어도 같은 동네나 같은 반, 같은 과라는 바운더리 안에서 짧게는 1년에서 길게는 4년까지 동고동락해야 했던 경우가 대부분이었다. 그렇게 몇 년을 보내고 나면 어떤 모양새든 정이 들게 되고 처음엔 모나 보였던 부분도 '으이그'라는 눈빛 한 번으로 감싸 줄 수 있었다. 에이와도 반 재미, 반 비즈니스로 시작했던 '유튜브'라는 매개체가 있었기에 꾸준히 인연을 이어 가며 더 깊은 관계로 발전할 수 있었다.

또 다른 키워드는 바로 느슨함이다. 맛있는 음식도 과하게 먹으면 체하기 마련이고, 몸에 좋다는 약도 많이 먹으면 탈이 나기 마련이다. 인간관계도 마찬가지다. 처음 맛보는 해방감에 취해 일상을 제쳐 두고 친구 만나기에만 집중한다면 그 관계는 오래가기 힘들 것이다. 나 또한 예외가 아니었다. 처음에 페미니스트들을 만나기 시작했을 때, 내가 느낀 감정은 가히 신세계였다. 가시방석에 앉은 것 같던, 결혼과 연애 얘기만이 오가는 오래된 친구들과의 술자리와는 달리 이 여자들과의 모임에서는 '나'에만 집중할 수 있었다. 이렇게 내가 생각해 온 그대로를 내뱉을 수 있다니!

주 7일에 6일을 새로운 여자들을 만나러 다녔다. 하루에 약속이 두세 개 있던 적도 있었다. 그런 날은 다같이 술에 절어 친구 집에서 대충 눈을 붙였다. 약속이 끝나고 집에 들어가다가도 다른 친구들이 부르면 다시 전철에 몸을 싣기도 했다. 그렇게 매일 보던 친구들은 과한 술자리가 반복될수록 언제 그랬냐는 듯 멀어지고 모르는 사이가 되었다. 취미활동이나 일상을 조금씩 나누며 점차적으로 가까워진 게 아니라 처음부터 너무 가까이 붙어 있다 보니 서로에게 빨리 지친 것이다. 인간관계를 맺는 데 신중한 편인 나도 이런 실수를 범했던 적이 있으니, 완급 조절을 하기 힘들다는 것도 백 번 이해가 간다.

그때 만난 수많은 사람들 중 한 명이 에이다. 우리도 유튜브라는 꾸준한 만날 거리가 없었거나 서로에 대한 거리 조절에 실패했다면, 빠르게 흩어졌던 친구들과 별 다를 것 없이 만난 지 몇 주, 몇 달 만에 헤어졌을 것이다. 정반대 성격을 가진 우리가 꾸준히 가깝게 지내고 있는 근원을 되짚어 보니, 그제야 알 것 같았다. 완전히 상반되게 들리는 강제성과 느슨함이라는 두 힘이 우리를 4년 넘게 유지시켜 주고 있었다.

우리는 여성주의 활동가이자 비즈니스 파트너이자 동시에 친구인, 이전엔 겪어 보지 못한 새로운 관계를 맺고 있다. 경제공동체로 묶여 있을 뿐만 아니라 함께 활동하는 서로만이 완벽히 이해할 수 있는 말 못할 고충들을 나누다 보니 신뢰도는 거의 100%. 서로 '베스트프렌드'라고 부를 만한 친구는 따로 있지만 우리 사이에는 우리만이 공유하고 있는 특별한 끈끈함이 분명 존재한다.

이제는 서로를 너무 잘 알아서 척하면 척으로 배려해 주는 정도가 되었다. 쉬는 날에는 각자의 시간을 보낼 수 있게 알아서 서로 연락을 하지 않는다. 나는 집에서 조용히 생각 정리를 하거나 소수의 친구들과 술을 마시는 편이고, 에이는 친구들과 야외활동을 하며 시간을 보내며 스트레스를 풀기 때문이다. 그것뿐인가. 서로에게 어떤 말만은 하면 안 되는지도 잘 안다. 에이는 신뢰받지 못한다는 느낌을 주는 말을 특히나 싫어한다. 비밀을 말할 때 마지막에 '다른 사람한텐 말하지 마.'라고 한 마디 덧붙이는 것이 누구나 하는 상투적인 당부멘트라고 생각했는데, '네가 나 못 믿어서 그러는 거 아 냐?'라는 에이의 매서운 카톡을 받은 이후로 그런 말들이 내 비혼메이트에겐 신뢰받지 못하고 있다는 느낌을 준다는 것 도 알게 되었다. 영혼 없어 보이는 인사치레일지라도 나를 잘 알고 지지해 주는 이에게 듣는 '파이팅'이라는 한 마디가 많 은 힘이 된다는 것도 안다. 이전에 친구들과는 이런 다면적 인 관계가 가능했었나 싶다.

언젠가 에이에게 말한 적이 있다. 지금부터 10년 동안 이 관계가 유지된다면 우리도 40대엔 십n년지기라고. 그래서 나는 우리를 비혼메이트라는 이름 대신 친구라고 심플하게 부르고 싶다. "뭐가 잘 맞는데?"라고 물으면 "그냥, 가치관이 잘 통해서 친해졌는데 안 맞는 것도 많지만 지내다 보니 소 중해졌어."라고 대수롭지 않게 말할 수 있는 날이, 비혼메이 트라는 단어가 굳이 필요 없는 날이 오기를 바란다.

비혼메이트가 있다는 것

(에이)

　　　　　　　　　드라마나 소설을 보면 같은 동네에
가까이 살며 모든 것을 함께하는 단짝들이 자주 나온다. 나
에게도 같은 동네에 사는 데다 초등학교, 중학교, 고등학교,
대학교까지 같이 다닌 단짝이 '있었다'. 우리는 잠시였지만
알바도 같이 했고 전 애인들, 친구들을 모두 알았으며 싸우
고 화해하길 반복했다. 서로의 집에서는 딸의 친구를 친딸처
럼 대했고 특히 우리 엄마는 어른에게 싹싹하기까지 한 그
친구를 나보다 더 좋아했다.

　　그때 살던 곳은 서울 한복판에 있는 달동네였다. 지금은
재개발이 되어 사라진 달동네 가장 높은 꼭대기에 친구 네
와 우리 집이 있었다. 친구 네와 우리 집 사이, 가게 앞에 평
상이 있었던 작은 구멍가게는 갑자기 친구를 만나 수다 떨
고 싶을 때 오밤중이든 새벽이든 상관없이 불러내어 맥주 한

캔 하기 딱 좋은 장소였다. 내가 술을 아예 못 마신다는 것을 알고 난 뒤 맥주 두 캔은 탄산음료나 아이스크림 따위로 바뀌었지만, 여전히 우린 함께였다.

우리는 어영부영 나이가 들었고 친구는 한두 시간 정도 걸리는 타지역으로 독립했다. 나 역시 친구가 떠나고 얼마 안 돼 지금 사는 곳으로 이사했다. 가까이 살아서 오히려 연락을 자주 안 했던 게 우리 사이의 룰이 돼 집이 멀어지고도 1년 동안 연락한 횟수를 한 손에 꼽을 수 있을 정도였다. 하지만 서로의 생일엔 꼭 축하 메시지와 함께 선물을 주고받았고 1년에 한 번씩 연례행사로 복날마다 우리가 다녔던 대학교 근처 유명한 맛집에서 삼계탕을 먹었다.

그 느슨하고 여유로운 관계는 내가 페미니즘을 접하면서 탈코르셋을 하고, 시위에 다니며 흔들리기 시작했다. 사는 동네가 달라졌을 뿐 같은 생각을 공유하고 있을 거라 여겼는데 친구는 그렇지 않았다. 페미니즘 관련 주제가 나오면 서로를 이해하지 못한 채 어색하게 대화를 끝내곤 했다.

사실 내가 제일 많이 변했지만 그땐 친구가 변했다고 생각했다. 당시 그 친구는 결혼을 생각하는 남자친구가 있었고, 마침 그쯤 대학교 동기가 아이를 낳은 뒤라 '결혼하고 아이 낳은 친구와 멀어진다는 게 이런 느낌이구나'라고 생각할 때였다. 오래된 만큼 가까운 친구라 생각했지만 아무리 가까워도 결혼을 계기로 이 친구와도 멀어지지 않을까 하는 생각이 얼핏 들었다. 내가 비혼을 결심한 이후 나와 인생 방향이 다른 친구들과 얼마나 더 관계를 지속할 수 있을지 자신이 없어졌다. 나와 관심사가 완전 달라진 친구들과 연락이 뜸해지는 건 어쩔 수 없는 일이었다. 위태로운 사이를 어떻게든 이어 가려다 결국 사소한 일로 싸우고 말았고, 싸우고 화해하고 지지고 볶기를 반복하던 사이를 끝내 정리하게 되었다.

친구와 나 사이의 연결이 끊어지면서 그 사람과 공유했던 시간, 공간, 공통된 지인들 등 추억이라고 할 수 있는 모든 것들이 사라지는 게 눈물이 날 만큼 아쉬웠다. 추억을 함께 나눈 친구와 더 이상 함께 할 수 없는 건 마치 내 인생의 한 귀퉁이가 뭉텅 잘려 버려지고, 과거 행복했던 자신을 잃는 형벌처럼 느껴지기까지 했다. 그렇게 괴로워하면서도 친구라면 당연히 나와 같은 생각을 해야 한다며 일방적인 공감을 강요했고 친구들을 떠나보낼 수밖에 없었다.

변하지 않는 사람이 있을까? 나만 해도 이 작은 책 안에서 몇 번이나 바뀌었다. 앞으로도 얼마나 어떻게 더 변할지는 아무도 모른다. 아마 '내성향_최종_이게진짜_진짜최종_찐

최종' 버전이 끝도 없이 추가될 것이다. 비록 동네 구멍가게 앞 평상에서 수다 떨던 추억을 나눌 친구는 없어졌더라도 나는 지금 내 버전에 만족한다. 그리고 예전의 나와 비슷한 고민을 하고 있는 사람에게 이렇게 말해 주고 싶다. 각자의 주변 환경이나 사고방식이 변해 친구와 사이가 멀어지는 것은 누구의 잘못도 아니라고. 오랜 시간 동안 함께한 만큼 많은 것을 공유한 사람이 소중한 건 당연하다. 하지만 분명 이유가 있을 내 변화에 관심조차 없는 사람이라면 과연 앞으로 닥칠 수많은 변화들을 함께 견딜 수 있을지 생각해 봐야 한다.

지금 내가 생각하는 친구란 '지금' 내 옆에 있고, '지금'의 나와 지향점이 같은, '지금' 나와 가장 가까운 사람이다. 과거 기억에 집착하기보다 서로의 변화를 이해해 주고 함께 발전할 수 있다면 가장 좋을 것이다. 지금까지 계속 '친구'라는 단어를 사용했지만, 이는 비혼메이트를 만나는 데에도 적용 가능한 기준들이다.

비혼메이트라고 해서 두 사람 혹은 여러 무리 사이의 사연과 추억이 거창하지 않아도 된다. 지금 내 가치관과 잘 맞는, 함께 발전해 나갈 가능성에 대해 의심하지 않고 서로 믿어 줄 친구라면 충분하다. '이상적인 비혼메이트'라는 틀을

짜고 내 곁의 사람을 그 안에 맞추려 하지 않았으면 한다. 친구와 내 사이의 물리적 거리와 친구가 된 기간, 만날 수 있는 시간은 중요하지 않다.

내 곁에 있을 친구들과 함께 사회가 비혼을 바라보는 인식보다 더 잘 살아 내고 싶은 것이 나의 현재 목표다. '비혼은 이기적이다', '비혼은 외롭다', '비혼은 쓸쓸한 노후를 맞이할 것이다'와 같은 여러 보편적이고 부정적인 인식들 말이다.

비혼은 이토록 흐르는 강물을 거꾸로 거슬러 오르는 연어와 같은 모습이다. 다들 결혼해서 행복하게 잘만 사는데 비정상적인 길을 가는 너는 이상하다며 세상은 계속 나를 깎아내릴 것이다. 혼자 반대편에 서 있을 땐 혹시 내가 잘못된 길을 가는 거 아닐까 의심스럽고 후회될 수도 있다. 그렇게 힘이 들 때면 옆에 있는 다른 비혼주의자 친구들을 보며 마치 잘못된 덕질을 했던 내가 팬 친구들과 우린 괜찮다며 자기파괴적인 길을 계속 가도록 서로 응원했던 것처럼 서로를 다독인다. 하지만 이제는 우리가 가는 길의 끝에 타인에 의탁하는 삶이나 누군가의 아내, 누군가의 엄마처럼 다른 누군가를 위한 삶이 아닌 내가 선택한 주체적인 나만의 삶이 있다는 걸 안다.

나는 같은 생각을 나누는 사람의 존재와 응원이 생각보다 아주 대단하다는 걸 이미 경험했다. 나와 같은 비혼주의자가 주변에 존재하는 건 단지 심리적 안정감과 함께할 추억을 쌓는 것에만 국한되지 않고 더 발전할 기회가 되기도 한다. 현실적으로 꼭 필요하지만 한 사람이 미처 다 알 수 없는 정보와 지원제도를 서로 나누거나 비혼주의자에게 닥칠 미래를 여러 방면으로 예측해 보며 함께 튼튼한 심신과 더불어 든든한 통장을 준비해 본다.

결혼해서 사는 사람들의 인생관이 모두 같지 않은 것처럼 비혼으로 살아가는 한 명 한 명이 생각하는 인생의 방향역시 다르다. 비혼 여성 중에서도 고양이를 키우는 사람, 강아지를 키우는 사람, 반려동물이 싫은 사람, 여럿이서 사는게 좋은 사람, 혼자 사는 게 편한 사람 등 모두 성격과 취향이 다르다. 지금 이 글을 읽고 있는 여러분도 부디 완벽하게 들어맞는 비혼메이트를 찾으며 고립되어 있지 말고 자신의 '지금' 상황에 맞는 사람을 찾길, 비혼메이트라서 소중한 친구가 아니라 내 친구여서 자연스럽게 비혼메이트가 되는 사람을 만나길 바란다.

지금 함께하는 친구들과 우정을 영원까지 약속하지는 못할지라도, 최대한 그들과 나 사이에 우리라는 단어를 오래

사용할 수 있도록 노력 중이다. 함께하며 계속해서 변화해
나갈 우리가 세상의 인식 또한 바꿀 것이라 믿으며.

새로운 사랑의 언어

여성들에게 허락된 사랑은 오랜 세월 동안 단 두 가지뿐이었다. 이성애와 모성애. 우리가 어릴 때부터 자연스럽게 접해 온 옛날 이야기 속 여자들도 이러한 이분법에서 벗어나지 않는다. 아버지의 눈을 뜨게 하기 위해 공양미 삼백 석에 팔려간 '효녀' 심청에서부터 한석봉의 어머니와 평강공주까지. 아버지 또는 남편에게 헌신적이거나, 남자의 눈부신 성공 뒤에서 열심히 뒷바라지를 하는 여성들이 등장한다. 여성에게 주어진 그러한 사랑을 잘 수행해 내면 주어지는 '현모양처', '열녀', '효녀'라는 타이틀. 그 이름표 속에 여성 자신의 삶은 어디에도 없다. 상대방과 동등하게 교환하는 사랑도 당연히 없다.

이제 그런 뻔한 레퍼토리는 지겹다. 남성에게만 희생하고 여성은 시기하는 그런 여자는 현실에 존재하지 않는다. 적어도 '원래부터' 그런 여자는 없다. 태어나 처음 마주하게 되는 엄마와의 관계를 시작으로 여자들은 다른 여자들과의 관계 속에서 많은 감정을 교류하고, 그렇게 조금씩 자신을 알아가며 성장한다. 여성에겐 모성애와 이성애 말고도 수많은 모양과 밀도를 가진 사랑이 있다.

대학교 3학년 때 스페인으로 방학 동안 교환학생을 간 적이 있다. 처음 보는 다른 과 학생들과 공항에서 만나 학교 담당자의 인솔하에 비행기에 올랐다. 우리는 2인 1실로 짝을 지어 두 달간 함께 쓸 방에 배정되었다. 그런데 하필 우리가 도착한 날은 스페인의 국경일이었고, 문을 연 음식점이 단 한 군데도 없었다. 장장 13시간의 비행에 지친 데다 근처 지리를 알 턱이 없기에 무작정 멀리 나가지도 못했고, 따뜻한 물을 구할 곳도 없어 우리는 방에 쭈그리고 앉아 룸메이트가 가져온 작은 컵라면 하나를 부수어 나눠 먹었다.

알고 보니 우리는 동갑이었다. 같이 온 다른 친구들은 우리보다 거의 두세 살씩 어렸기에 내심 나이가 같은 그 친구와 한 방이 된 것이 반가웠다. 회화과에 다니고 있던 그 친구는 두 번째 날부터 창문을 열고 담배를 피워도 되냐고 물었다. 나는 내심 배려가 없다고 생각하면서도 그러라고 했다.

우리가 빠르게 친해진 데에는 술을 좋아한다는 공통점도 한몫했다. 매일 마트에서 5, 6유로짜리 와인을 사서 저녁 식사와 함께 한 병을 다 비우는 것이 일상이었다. 좁은 방 한 칸이었지만, 다른 방을 쓰는 친구들이 신기해할 정도로 매일이 즐거웠다. 그렇게 우리는 서로의 세계에 조금씩 스며들었다. 내가 그 친구에게 담배를 배우게 된 것은 자연스러운 일이었다. 그때 건네받은 쿠바나 1미리, 그 담배와 같은 담배를 지금도 핀다.

나는 MBTI 검사를 100번 해도 100번 내향형이 나오는, 무엇이든 혼자 할 때 가장 편안함을 느끼는 사람이다. 그렇다고 철저한 고독을 즐길 만한 사람은 못 되어서 독립적으로 사는 걸 좋아하지만, 꾸준히 누군가와 연결되어 있다는 감각에서 안정감을 느끼곤 한다. 그런데 내가 어딘가에 연결되어 있다는 느낌을 받았던 때를 떠올려보면 곁에 항상 또다른 여자들이 있었다. 그리고 그 경험의 절정은 가장 척박한 곳에서 아주 강렬하게 일어났다.

다니던 직장을 그만두고 페미니즘을 알게 된 후 첫 시위에 나갔을 때였다. 짧은 머리에 화장을 하지 않은 채로 행여나 누가 알아볼까 모자를 푹 눌러썼다. 시위의 드레스코드

였던 빨간색 티셔츠는 주문해 놓고도 입기가 두려워 가방에 숨겨서 갔다. 시위장소에 도착한 순간 빨간 물결이 쏟아졌다. 여기저기서 연대한다, 사랑한다는 말이 쓰인 피켓들이 보였다. 나눔 받은 구호문을 목청껏 따라 하며 힐끗힐끗 피켓 위의 문구들을 곁눈질했다. 그 장소에서 내가 느낀 것은 따듯함이 아닌 뜨거움이었다. 울컥 솟아올라 끓어넘치는. 개개인의 여자들에 국한되어 있던 내 사랑이 여성 전체로 확장되는 경험이었다.

그때까지 나는 여초집단은—공공연히 말해지는 것처럼—왠지 까다롭거나 서로를 질투할 것이라는 편견을 가지고 있었다. 하지만 그때의 경험을 통해 나는 그동안 누구도 알려 주지 않았던 '여돕여'라는 말을 처음 알게 되었다. 남자들은 여자들이 뭉치면 생길 힘을 두려워한 나머지 여자는 서로를 시기하고 질투하는 존재라는 '여적여' 구도에 우리를 가뒀고, 자연스레 서로를 미워하고 고립되게 만들었다.

그렇게 서로를 사랑하지 않는 여성들은, 그들이 원하는 대로 움직였다. 그런데 내가 여자를 사랑하고, 여자를 사랑하는 여자들을 만나고 나니 새로운 세상이 열렸다. 지금 내가 편집장을 맡은 비혼여성을 위한 잡지에서도 뜻을 함께하는 많은 비혼여성들을 만났다. 모두 쓰고 싶은 이야기도, 주제도 달랐지만 그렇게 나온 글들을 지면에 싣고 보니 평범한 경험들도 여성들만의 언어로 새로 태어나 반짝반짝 빛났다. 다른 여성들의 글을 읽으면서 나 또한 스스로에 대해 더 깊게 생각해 보는 기회가 되었다. 그때, 어떤 프리즘을 통해서 세상을 보느냐가 그 세상 전체를 바꾸어 버릴 수도 있겠다는 깨달음을 얻었다. 여성이 들려주는 이야기는 또 다른 여성에게 새로운 프리즘을 쥘 수 있는 기회를 준다.

나는 자주 "내 머릿속엔 여자밖에 없어."라고 농담하곤 한다. 그런데 정말이다. 페미니즘을 알고 내 머리엔 온통 여자들 생각뿐이다. 남성의 언어로 뒤덮인 세상에서 여자들끼리 여자들만의 언어로 무언가를 창조해 나가는 경험에서 오는 희열감이 있다. 여자들과 서로를 경험하고 만나는 방식이 매번 신비하고 너무 새로워, 나는 그것을 '다른 여자들의 세계를 구경한다'라고 표현한다. 그 여자들과 나는 서로를 통해 타인의 땅에 발을 디디고, 내 세상에 초대하고, 궁극적으로 나도 몰랐던 나를 알아 가며 자신이 확장되는 경험을 한다. 그리고 그렇게 얼키고 설키며 만들어지는 우리들만의 세계가 재밌고 행복하다. 완벽하진 않지만 완전하다.

앞으로 남은 인생을 살아가며 또 어떤 여자들이 내게 흔적을 남길까 궁금하다. 올해도 나와 서로에게 흔적을 주고받을 여자들을 많이 만나고 싶다. 나와 함께 서로의 세계를 탐험하실 분 절찬리에 상시 모집 중!

여자를 돕는 여자의 마음

(에이)

    내가 원한다고 그렇게 되는 게 아
닐 텐데 마치 세상이 나에게 맞춰 주기라도 하는 양 페미니
스트로 살기를 다짐한 후 내 주변엔 다양한 여성들이 모여
들었다. 사실 약간 의도한 적도 있지만 회사 선임, 안과 선생
님, 치과 선생님, 서울시 청년지원 상담사, 반려동물 훈련사
처럼 성별이 랜덤인 일에도 꼭 여성을 만나면서 생각보다 다
양한 분야에서 여성들이 일하고 있는 걸 알아채게 되었다.

  한창 진로에 대해 고민하면서 지금까지 일했던 서비스
직, 사무직과는 아예 다른 현장직으로 이직하려다 남초직군
의 입문장벽에 막막해 포기를 생각했을 때에도 여성 기술자
팀이 눈앞에 떡하니 나타났다. 어려울 거라 생각했던 그곳에
묵묵히 길을 만들며 걷고 있는 여성들을 만난 것은 여성을
위한 자리도, 정보도 없어 힘들었던 나에게 이루 말할 수 없

이 좋은 경험이었다. 그들의 존재만으로도 혼자가 아니라는 안도감, 내가 못 갈 길을 바라보고 있는 게 아니라는 확신이 생겼다.

보다 적극적으로 강연을 듣기도 하고 원데이클래스에 참석하기도 하면서 전해 들은 현실은 짐짓 예상한 것보다 더 많은 어려움이 있었다. 인식이나 환경 같은 부분도 있었지만 내가 가장 안타까웠던 건 여성 전문가와 새로운 분야에 도전하고자 시작하는 여성들 사이의 다리가 끊겨 있다는 사실이었다. 여성 후배가 없는 여성 전문가는 남성 후배를 가르치고, 여성 스승이 없이 시작하려는 여성은 남성 스승을 만나 기술을 배워야 했다. 기술 자체에는 여남이 없지만 자칫 위험할 수도 있는 현장에서 남자들의 기준으로 정해진 규칙들을 따르며 일을 배우는 것은 여성에게 더 어렵기 마련이다. 만약 여성 스승에게 배운다면 남성과 다른 체격이나 힘의 차이에 따라 좀 더 수월하게 일할 수 있는 노하우를 전수받을 수도 있을 것이다.

아무리 힘든 일이라 해도 그 일을 직업으로 삼고 싶은 여성들은 분명 있다. 그들에게 부족한 건 작업에 필요한 힘도, 배움에 필요한 돈도 아닌 여성도 힘든 일을 할 수 있다는 인식이다. 강한 힘이 필요한 남초 직군에서 여성은 버티지 못할 것이라는 편견이 만연하다. 여성이 버티지 못한다면 '역시 여자는 안 된다'는 식의 인식이 강해지고 그 다음 여성이 진출하는 것은 더더욱 어려워진다. 계속해서 여성의 유입은 줄어들고 남성 연대만 단단해지는 악순환 속에서 차별은 당연하단듯 견고해져 남초 직군에서 여성이 생계를 걸고 일한다는 건 말 그대로 '살아남는' 것이 된다.

기회만 된다면 여성을 튕겨내려 준비 중인 것이나 다름없는 직군에서 살아남는 데 최선을 다하지 않으면 언제 악순환 속으로 떨어질지 모른다. 나는 어쩌면 이런 부분이 여성 전문가들이 서로의 존재를 알 수 없게 만드는 이유 중 하나가 아닐까 생각했다.

고립된 여성 전문가와 진로를 고민 중인 여성들이 많아 안타까워하던 차에 에스가 다양한 업계의 전문가 여성들을 인터뷰하는 프로젝트를 제안했다. 진로를 고민 중이거나 정보가 부족해 정체 중인 여성들에게 도움이 되는 것과 동시에 필드의 여성들은 서로가 각자의 자리에 잘 버티고 있음을 확인하고 내실을 다지는 계기가 되길 바랐다. 내가 어려울 때마다 여성들에게 도움받으면서 경험한 감정들을 많은 여성들에게 전해 줄 수 있는 프로젝트였다. 우리는 '먼저 가 본 사람들

의 속 시원한 토크쇼'라는 표어와 '프로 사이다 클럽'이라는
이름을 만들고 다양한 업종의 여성들을 인터뷰했다.

처음 인터뷰했던 직업은 헤어 디자이너다. 미용실은 핑크
택스를 이야기하자면 빠질 수 없는 주제다. 페미니즘 흐름과
더불어 탈코르셋이 대두된 이후 핑크택스는 항상 뜨거운 감
자였고, 여성들은 핑크택스가 없는 미용실을 정리한 리스트
나 지도를 공유하기도 했다. 나 역시 여성이라는 이유로 '남
자같은' 투블럭임에도 커트비를 4천 원이나 더 낸 적이 있다.

첫 영상부터 전에 없던 인터뷰로 현직 헤어 디자이너와
정말 '속 시원하게' 터놓고 이야기하는 영상이 완성됐다. 비
혼 페미니스트인 업계 종사자 입장에서 생각하는 현재 문제
점과 소비자들이 어떤 식으로 행동해야 좋은 방향으로 바꿔
나갈 수 있는지 여러가지를 나누는 자리가 되었다. '미용실
들 그거 다 여자 돈만 뜯으려는 속셈 아니야?'라고 가볍게 생
각했던 게 복잡한 이해관계가 얽혀 있음을, 그 불합리한 생
리현상을 알 수 있었다.

핑크택스와 코르셋이 만연하는 미용업계에서 직접 목소
리를 내는 것이 쉽지 않았을 텐데, 용기내 주신 인터뷰이의
영상을 보고 현직 헤어 디자이너 분들과 구독자 분들이 댓
글과 SNS로 소통의 장을 만들어 주어 감사하다는 메시지를

전해 왔다.

반응이 좋았던 첫 인터뷰에 힘을 얻어 『운동하는 여자: 체육관에서 만난 페미니즘』 저자 양민영 작가님을 운동 전문가로 모셔 여성 신체에 가해지는 여성혐오와 체육계 여성혐오를 알아봤다. 그 뒤로는 주택수리기사, 정혈(생리)대 기업 대표님, 여남공용 쇼핑몰 대표님, 재무관리사님, 래퍼 최삼님을 차례대로 모셨다. 직접 전문가를 모시고 그 업계를 낱낱이 파헤치는 과정은 얼핏 인식하고 있던 여성혐오를 더 잘 알게 되는 과정이었다.

과감하게 시작한 것과 다르게 한 분야씩 인터뷰가 마무리되면 내 속은 타 들어갔다. 평소 존경하는 분들이었고 워낙 바쁘신 분들인 걸 알기에 인터뷰 요청을 보낼 때마다 나는 혼자 속으로 '거절당하면 어쩌지, 그래도 어쩔 수 없지. 강요할 순 없는 거잖아!'라고 생각하며 플랜 B를 마련하곤 했다. 하지만 생각과 다르게 다들 긍정적인 메시지로 반겨 주고 어떨 땐 나보다 더 적극적으로 준비해 주었다.

어쩌면 이런 자리가 가장 필요한 건 전문가 분들이지 않았을까. 그리고 여전히 다양하고 많은 채널에서 자신의 목소리를 내는 그분들은 내가 어려운 상황에 처할 때 마음속으로 떠올리며 다시 힘낼 수 있는 존재가 되었다.

인터뷰를 진행하며 영상이 올라갈 때마다 댓글수가 유난히 많아 놀랐다. 외로운 길에 서 있는 여성들의 발판이 되고자 했던 우리의 의도와 구독자들의 니즈가 잘 맞아떨어진 셈이다. 값진 경험들을 다른 여성들을 위해 기꺼이 나눠 준 인터뷰이 분들께 감사했고, 영상에 미처 언급하지 못한 내용은 물론 고민에 대한 진정성 있고 실질적인 조언까지 이뤄지고 있는 댓글 창을 보며 마음 한구석이 든든하게 꽉 차오르는 느낌을 받았다. 도움이 되고자 만들었던 그 영상들로 가장 많은 도움을 받은 건 오히려 나였다.

이름도 얼굴도 모르지만 한결같이 서로를 위하고 응원하는 여성들의 마음이 눈앞에 선명하게 그려지는 신비한 경험이었다. 여성 전문가들을 향한 응원은 나를 향한 응원이 되기도 했다.

내 인생의 고비에는 늘 힘이 되어 준 여성들이 있었다. 그들이 없었다면 지금의 나도 없었을지 모른다. 그렇기에 도움받은 만큼 나 역시 도움을 주고자 손 뻗으며 살고 있다. 크든 작든 사소한 도움이라도 필요한 사람에게 뻗은 손길이 어떤 나비효과를 불러일으켜 거대한 파도가 되어 세상을 휩쓸지 모른다. 세상이 인식하는 여성이 할 수 있는 일과 진짜 여성인 내가 할 수 있는 일 사이의 차이를 알게 된 이상 이전처럼 손 놓고 있진 않을 것이다.

생각보다 여성이라는 틀의 결속은 단단하고, 당신은 혼자가 아니다. '우리'가 여기 존재함을 알리고 더 설쳐야 한다. 더 다양하고 더 많은 여성들과 만나 교류하고 시너지를 내야 한다. 간절히 필요한 곳에 내밀어지는 손이 많아지도록, 내밀고자 하는 손이 갈 곳을 잃지 않도록, 이 모든 게 이뤄지면서 동시에 혼자서도 꿋꿋이 살아가는 여성들이 많아지도록 더 많은 여성에게 다가갈 것이다. 혼자 가는 삶 하나하나가 모여 여자끼리도 이렇게 잘 살 수 있다 세상에게 당당히 웃음 지어 보일 수 있도록.

내가 선택한 가족

　　　　　　　영미권에는 결혼하지 않고 혼자 사
는 늙은 여성을 비꼬는 'cat lady'라는 표현이 있다. 혼자 사
는 여성에 대한 부정적인 스테레오 타입이라고 할 수 있다.

　애초에 고양이가 역사적으로 인간에게 그렇게 호의적인
이미지는 아니었던 데다가―마녀 옆에는 고양이가 빠지지
않고 등장하고, 검은 고양이에 대한 미신도 있다―실내동물
이다 보니 혼자 사는 여자는 외출도 잘 하지 않고 외롭고 음
침하다는 이미지가 덧씌워진 것 같다.

　나는 두 살짜리 고양이를 한 마리 기르고 있는데, 생각
해 보면 음침하다는 것만 빼면 나한텐 대충 맞는 말인 것 같
기도 하다. 결혼도 안 하고, 집에 있는 시간을 좋아하고, 고
양이까지 키우다니! 나, 이쯤 되면 혼자 사는 여자로서 꽤 괜
찮은 조건을 갖춘 건가?

내가 다니던 초등학교는 우리 집과 그다지 멀지 않아서 학교를 마치고 책가방을 메고 10분 남짓 걸으면 집이 있는 주택가가 나왔다. 초등학교 2학년 때, 평소와 다름없이 늘어져 있는 이웃집 대문들을 지나 우리 집이 위치한 골목으로 들어서려 하는데 저 앞에 무언가 까만 물체가 놓여져 있었다. 누가 여기다 양말을 버리고 갔네, 라는 생각을 하며 가까이 다가가 보니 까만 앙고라 양말 같던 것은 조그마한 새끼 고양이었다.

작은 동물이라고는 학교 앞에서 팔던 100원짜리 병아리밖에 본 적이 없던 나는 어찌해야 할지 모르고 잠깐 멈추어 인사를 건넸다. 이렇게 작은 새끼인데, 엄마가 버리고 갔나? 크기는 병아리들의 두세 배 남짓 돼 보였다. 나는 고양이에게서 눈을 떼지 못한 채로 걸음만 집 쪽으로 옮겼다. 그런데 그 새끼 고양이가 나를 따라오는 게 아닌가.

당황스럽기도 하고 기쁘기도 한 마음에 어쩔 줄 몰라 하며 어디까지 따라오나 보자는 마음으로 계속 걸었다. 작은 털 양말도 나를 계속 따라왔다. 우리 집 앞까지 따라온 고양이는 대문 앞에서 멈춰 서서는 더 이상 다가오지 않고 나를 올려다봤다. 이대로 안고 집 안으로 들어가도 얌전히 있을 것 같았다. 하지만 그 눈을 외면하는 것보다 동물을 싫어

하는 엄마한테 혼날 것이 더 무서웠기에 미안해, 안녕이라는 말만을 반복하며 대문을 닫아야 했다. 다음 날 등굣길엔 그 새끼고양이는 당연히 그 자리에 없었고, 그 후로 다시는 만나지 못했다.

그때부터 왠지 고양이라는 동물이 특별하게 느껴졌다. 그때 그 아이를 데려오지 않은 것이 나의 작은 의무를 저버린 것 같아, 왠지 빚을 진 기분이 들었다. 언제가 될지는 모르지만 어른이 되면 꼭 까만 고양이를 키울 거라고 다짐하고 미래의 반려묘에게 '세라'라는 이름도 지어 주었다. 친구들은 너무 고급스럽고 터키쉬 앙고라 같은 흰 품종묘한테나 어울릴 것 같은 이름이라고 했지만(지금 생각해 보니 꽤나 일리가 있다) 말이다. 대문 앞에서 나를 올려다보던 작은 몸과 망설임 없던 눈빛, 보송보송한 털은 오래도록 잊혀지지 않았다. 그래서 진지하게 입양을 알아볼 때에도 내 마음 속엔 늘 까만 고양이가 1순위였다.

그리고 지금 내가 사랑하는 내 고양이의 이름은 생강이고, 털 색은…… 삼색이다. 성인이 되고도 고양이를 키우는 것은 그렇게 쉽게 결정할 수 있는 일이 아니었다. 기숙사에서는 아예 반려동물이 허용되지 않았고, 학교 앞 월세 자취방을 옮겨 다니던 때에는 동물을 키울 만한 금전적 여유가 없었다. 그리고 무엇보다 해외여행을 사랑하고 학교에서 밤새 작업하느라 늦은 귀가가 잦았던 나는 혼자 동물을 돌볼 수 있는 환경이 아니었다.

직장생활 3~4년 차가 되었을 때쯤, 동생이 대학교를 졸업하고 서울로 취직하게 되면서 우리는 함께 살게 되었다. 성인이 되고는 지역이 달라 잘 만나지 못했지만 막상 둘이서 살아 보니 그 세월이 무색할 만큼 가치관도 성격도 너무 잘 통했고, 고양이를 좋아하는 것도 일치했다. 그리고 함께 전셋집으로 옮기게 되면서 드디어 고양이를 키울 준비가 되었다는 생각이 들었다.

우리는 인터넷의 유기묘 사이트나 어플, 인스타그램 등여러 곳을 찬찬히 살펴보기로 했다. 유기동물 입양 사이트인 포인핸드를 구경하다 우연히 길고양이를 구조한 분의 글을 발견, 인스타그램까지 보게 됐고 그 고양이가 바로 지금 사랑하는 내 막냇동생, 삼색 털을 입은 생강이다.

사실 본격적으로 고양이를 입양해야겠다는 계획을 세우기 전에는 '묘연을 느꼈다'거나 '보자마자 이 아이라는 생각이 들었다' 등의 말을 듣고 '정말 그런 걸 느낀다고? 너무 미화시킨 거 아니야?'라는 생각을 했었다. 하지만 역시 사람은 직접 경험해 보지 않으면 절대 모른다. 인스타그램에 올라온 저화질의 영상 속에서 토끼걸음으로 통통거리며 여기저기를 뛰어다니는 4주 남짓의 새끼고양이는, 까만 털도 내가 기억하는 대문 앞 고양이의 눈빛도 가지고 있지 않았지만 단박에 내 고양이라는 생각이 들었다.

그 고양이의 이름은 '미정이'였다. 헐레벌떡 임시보호하시는 분께 나와 동생이 얼마나 미정이를 끝까지 책임질 능력과 돈과 마음이 모두 갖춰져 있는지 어필하는 장문의 DM을 보냈고, 구 미정 현 생강이는 그렇게 태어난 지 한 달 만에 애착인형 '줄스'와 함께 우리 집에 오게 되었다. 그리고 우리 집 구성원은 두 자매에서 세 자매가 되었다.

고양이를 키우는 가정이라고 하면 흔히 햇살을 받으면서 기분 좋게 눈을 뜨고 옆에선 고양이가 나를 반기며 핥아 주는 따뜻한 그림을 기대하겠지만 사실 그런 장면은 극히 드물다. 가뭄에 콩 나듯 경험할 수 있는 비현실적인 모먼트랄까? 현실은 인간의 취침 시간에 맞추어 활동을 시작하는 신난 고양이의 우다다 소리에 겨우 잠든 지 정확히 다섯 시간째, 명치 또는 다리를 무자비하게 밟아 대는 묵직함과 밥을 달라

울어 대는 소리에 강제로 기상한다. 어느 새 귀마개와 암막커
튼은 매일 밤 필수품이 되고, 졸린 눈을 비비며 비몽사몽간
에 기계적으로 낚싯대를 흔들고 있는 나를 발견한다. 장담하
건대 집사들은 모두 어느 정도 만성 수면장애 상태일 것이다.

반려동물과 산다는 것은 생각지도 못한 부분에서 내 삶
의 양식을 바꿔야 하는 일들이 생기는 것을 의미한다. 여행
이나 외박처럼 외출이 길어지게 되면 몸은 밖에 있지만 마
음 한 켠은 계속 집으로 가게 된다. 오래 혼자 있어야 하는
반려동물이 신경 쓰일 수밖에 없기 때문이다. 나 혼자 외출
할 경우엔 동생이 있기에 걱정이 덜하지만, 둘 다 집을 비우
게 되면 생강이를 어떻게 할지 대책부터 세운다.

재작년에 동생과 함께 4박 5일로 일본여행을 간 적이 있
는데, 주변 사람들에게 부탁하고 펫시팅 서비스를 예약하고
일일이 생강이를 돌보는 데 필요한 정보를 알려주는 일들이
생각보다 품이 많이 들었다. 매일 밥과 물, 화장실을 챙겨 주
며 일거수일투족 신경 써야 하는 존재가 있다는 것은 아주
큰 책임감을 요한다.

그뿐인가, 인테리어는 사치다. 고양이와 살다 보면 모든
가구를 고양이 중심으로 고르고 배치하게 된다. 일단 천이나
가죽 가구는 꿈도 못 꾼다. 그 대신 오로지 고양이만을 위한

캣타워나 캣폴, 화장실 등을 하나하나 들여놓다 보면 이게 사람 집인지 고양이 집인지 구분이 가지 않는 지경에 이른다.

나는 평소 책상이나 선반 위에 물건들을 늘어놓고 사용한 뒤 한꺼번에 치우는 스타일인데 생강이를 키우고 나서 강제로 '즉각적 책상 정리'의 달인이 되었다. 립밤을 올려놓으면 쳐서 떨어뜨리고, 컴퓨터를 켜 두면 어느새 키보드를 밟고 올라가 원고에다 맥락없는 'ㅋㅋㅋㅋㅋㅌㅌㅌㅌ'를 도배해 놓고…… 솔직히 말하면 확 짜증이 날 때도 가끔 (아니 자주) 있다. 그럴 때마다 나 혼자 생강이와 싸우고 나 혼자 화해하곤 한다.

가장 큰 단점은 역시 돈이다. 사료, 모래, 정수기, 간식, 장난감…… 최저가로 키우려면 키울 수야 있겠지만 키우다 보면 내 새끼한테 제일 좋은 건 어려워도 남들한테 뒤처지지 않는 걸로 해 주고 싶은 게 자연스러운 마음이지 않은가. 또 동물병원은 의료보험 적용이 안 되기 때문에 검사 한 번에 몇십만 원, 며칠만 입원해도 몇백만 원 단위로 깨지는 건 예사다.

반려동물이 어릴 때는 병원비 들 일이 별로 없지만, 나이가 들면 병원에 언제 어떻게 가게 될지 모르기 때문에 미리 돈을 모아 놓지 않으면 대처하기 힘들다. 물론 그런 일이 최대한 생기지 않도록 음수량, 체중 조절 등을 꾸준히 신경 써 주어야 하는 것은 기본이다. 2인 1묘가구도 이렇게 힘든데 1인 1묘, 1인 다묘가정은 얼마나 힘들지 아찔하다. 하루종일 고양이에게 매여 있어야 하고, 외출도 자유롭지 않다. 이놈의 캔따개 인생!

영원할 것만 같던 캔따개 인생은 코로나 덕분에(?) 잠깐의 자유를 맛보고 있다. 동생과 나 둘 다 집에 붙어 있는 시간이 늘어나면서 서로의 작업 공간을 쾌적하게 확보하기가 어려워진 것이다. 그래서 우린 돈을 모아 함께 큰 집으로 이사를 갈 때까지 당분간 따로 살기로 했다. 세대주인 내가 이 집에 남아 있기로 했고, 동생은 집을 알아보러 다녔다.

약 3년을 함께 살다가 두 가구로 분리하려니 정할 것이 정말 많았다. 같이 산 가구와 가전제품들을 모두 하나하나 나누어야 했고, 공과금 이체와 인터넷 명의이전까지……. 모든 것을 나눌 수 있었지만 가장 어려운 부분은 누가 생강이를 데리고 갈 것이냐였다. 우리 둘 다 고양이와 함께하는 삶의 장단점을 너무 잘 알고 있기에 쉽게 결정 내리기 어려웠지만 결국 혼자 자는 것을 무서워하고 나보다 소음에 덜 예민한 동생이 생강이를 데리고 가기로 했다. 대신 사료나 모래

값은 반씩 부담하고, 나는 종종 생강이를 만나러 동생 집에 간다. 그래서 나는 근 1년째 오랜만에 반려동물이 없는 삶을 살고 있다.

생강이가 있던 이전과 달리 잠도 편히 자고, 몸도 자유로운 생활을 누리고 있지만 고양이가 있는 삶과 없는 삶 중 어느 쪽이 나은지 우열을 가릴 수는 없다. 앞서 말한 어마어마한 단점들에도 불구하고 종종 '우리 나중에 한 마리 더 키울까?'라는 소름 돋는 대화를 나누게 만드는 고양이만의 매력 때문이다. 일단 첫 번째는 귀엽고…… 두 번째는 귀엽고…… 세 번째도 귀여운 것이다! 솔직히 세상에 있는 모든 고양이 중에서 내 새끼가 제일 귀엽고 사랑스러운 것 같다. 자식 자랑을 멈추지 않는 모부마냥 어디 가서 반려동물 이야기만 나오면 신나서 떠드는 스스로의 팔불출적 면모를 발견할 수 있다. 사진 찍을 때 눈앞에 생강이만 있다면 잇몸 만개 준비 완료. 나는 내가 그렇게 진심으로 웃는 걸 처음 봤다.

나를 전적으로 믿고 의지하는 존재가 있다는 것은 그 자체로 위안이 되고, 먹여 살려야 할 입이 있기에 내가 좀 더 나은 삶을 향해 달려가는 데에 도움을 주기도 한다. 위에서 아주 길게 나열했던 단점들과는 달리 장점을 글로 서술하면 이게 끝이다. 하지만 장점들은 말로 형용할 수 없는 감정이

나 순간일 때가 훨씬 많다. 이전엔 동물에 대한 사랑을 말로 들어서 알고 있었을 뿐, 가슴으로 이해하진 못했다. 감상하는 존재로서의 동물이 아닌 함께 하는 존재로의 동물은 내가 경험해 보지 못한 영역이었기 때문이다.

우리는 보통 출생과 함께 이미 구성된 집단의 일원으로 들어가면서 숨쉬듯 자연스럽게 가족의 경험을 하게 된다. 태어나는 아이는 자신이 함께할 가족을 선택할 수 없으며 내 의지와 상관없이 정해진 그 가족은 평생 동안 바꿀 수 없다. 그런 의미에서 스스로 선택해서 구성한 반려동물은 특별한 의미의 가족으로 다가온다. 그리고 우리는 그 반려동물의 죽음까지도 지켜보게 된다. 처음과 끝을 모두 함께하는 가족인 것이다. 이렇게 생강이를 키우면서 이전엔 못했던 가족, 그리고 공동체에 대한 생각을 여러 관점에서 하게 된다.

누구보다도 생강이를 사랑하지만 솔직히 누가 내게 이전으로 돌아가도 다시 생강이를 키울 것이냐 묻는다면 망설이지 않고 데려올 것이라고는 대답하지 못하겠다. 모르고는 해도 알고는 두 번은 흔쾌히 못할 것 같다. 만약 당신이 반려동물을 키워 본 적이 없고, 고양이 입양을 망설이고 있다면 단점들을 특히나 잘 생각해 보기를 권한다. 한번 가족이 되면 돌이킬 수 없으니 말이다!

진짜 사랑

(에이)

　　　　　　　나와 에스는 각각 강아지 땅콩이, 고양이 생강이와 함께 살고 있다. 나는 에스를 만나기 전부터 땅콩이와 같이 살고 있었고, 에스는 채널을 시작한 후 생강이를 입양했다. 생강이를 데려온 지 얼마 안되어 에스는 "이게 진짜 사랑인가 봐."라고 고백해 나를 놀라게 했다.

　"이유 없는 사랑? 그런 사랑은 있을 수 없어!"라고 단호하게 외치던 에스에게 보기만 해도 흐뭇한 웃음이 나오는 대상이 생긴 거다. 나야 워낙에 사랑하는 게 넘쳐나는 사람이라 '아이고 우리 돼지! 이쁘고, 사랑하고, 소중해! 내 새끼랑 함께하는 매일매일이 즐겁고 행복해!'라고 생각했지만 이게 '진짜 사랑'인가 생각해 본 적은 없었다.

　에스의 얘기를 듣고 가만 생각해 보니 문득 아, 이게 사랑이구나! 싶은 순간이 생각났다. 꽤 많이 있었다. 퇴근하고 집에 가면 매일 반갑게 맞아 주는 강아지인데 어느 날은 유난히 빨리 보고 싶은 마음에 버스에서 내리자마자 정류장부터 집까지 뛰어간 적도 있고, 강아지가 귀를 긁거나 토하는 소리가 나면 자다가도 강시처럼 벌떡 일어나 급한 대로 맨손으로 뒤처리를 한다. 입양 초반 강아지를 만진 손이 찝찝해서 한 번 쓰다듬고 손 한 번 씻던 나와는 전혀 다른 사람이 됐다.

언젠가는 산책하다 위험한 이물질을 섭취하고 입에서 거품을 마구 뿜어 댄 적이 있는데 너무 긴박한 상황이라 8kg짜리 개를 들고 오르막길 1km를 뛴 적이 있다. 퇴근 후 공복 상태로 가볍게 나갔던 산책에서 내 체력으론 감당할 수 없는 운동량을 소모한 나는 동물병원에 도착하자마자 거의 기절하듯 쓰러졌다. 다행히 개는 이물질을 토한 후 기운을 차렸고 나를 똑 닮아 이런저런 잔병치레하느라 병원을 자주 가고는 있지만 아주 잘 살고 있다.

난 지금까지 한 번도 사귀었던 사람과 헤어진 슬픔에 가슴이 미어지게 아픈 적이 없었다. 사람들이 말하는 가슴 아프단 그 표현을 개를 키우며 알게 되리라고는 상상도 못 했다.

같이 산 지 1년쯤 됐을까? 콩이가 숲에서 놀다 진드기에 잔뜩 물려 심각하게 아팠을 때, 식음을 전폐하고 잔뜩 예민해진 통에 강제로 밥을 먹이다 처음으로 심하게 물린 적이 있다. 속상해서 울고불고하며 어찌저찌 밥을 마저 먹인 뒤 다친 손보다 마음이 아파 '아, 진짜 상처다' 하고 넘겼었는데, 그날 저녁 알 수 없는 가슴 아픈 느낌에 새벽 네 시까지 잠을 못 자고 눈물만 줄줄 흘렸다. 원래 눈을 감고 누우면 빠르게 잠드는 스타일인데 감은 눈을 비집고 계속 눈물이 나왔다. 딱히 큰 스트레스가 있지도 않았고 아무리 생각해 봐도 이유를 알 수가 없어 날이 밝자마자 병원에 갔다. 처방받은 약을 먹으니 하루 만에 괜찮아지는 게 아닌가. '바로 괜찮아지는 것 보면 큰일 아닌가 봐' 하며 별 생각 없이 넘겼다.

몇 달 뒤 산책 중 콩이에게 세게 물린 날, 또 가슴이 저릿하게 아픈 느낌에 새벽까지 잠 못 들며 두 눈에서 수도꼭지 마냥 눈물을 줄줄 흘리다 깨달았다. '설마 나 지금 개한테 진심으로 상처받아서 이런 거야……?' 이게 사랑이라면 난 사랑 안 하고 싶다.

콩이는 마포구 소재의 망원시장에서 구조돼 구조자 분 집과 동물병원, 서울시 관할 보호소를 거쳐 우리 집으로 오게 됐다. 함께한 지 벌써 5년이 다 됐지만 구조자 분과 아직까지 연락 중이다. 내 가족을 만나게 해 준 분과 좋은 인연을 이어 나갈 수 있다는 것이 얼마나 행운인지 한참 나중에 알게 됐다.

내 인생에 반려견이 들어온 뒤 소비패턴부터 생활양식까지 많은 것이 바뀌었지만 아무래도 가장 많이 바뀐 건 내 주변 사람들이다. 반려견과 함께 살기 시작하면서부터 나와 상황이 잘 맞는 친구를 만나는 게 좋다는 생각이 강해졌다. 항상 사람과 소통하고 싶어 하는 나는 반려견과 함께 살기 시작하면서 대화가 통할 만한 모임을 찾아 여러 곳에 기웃거렸는데, 그때 참여했던 모임에는 주로 극성맞다고 할 정도로 개에게 헌신적인 사람이 많았다. 내가 타인의 행동에 영향을 많이 받는 성향이다 보니 나도 계속 더 해 줘야 될 것 같고 못 해 주는 내가 부족한 것만 같은 기분이 자꾸 들었다. 그들을 따라 엄청난 소비를 이어 가다 어느 순간 여긴 내 자리가 아니라는 생각이 들었다. 그런 여러 모임들을 거치고 나서 자연스럽게 강아지보단 내 위주로 내 마음이 편한 비혼 여성 모임을 찾게 되었다.

비혼 여성 모임은 정말 파라다이스였다. 사회에서 비혼 여성을 보는 부정적인 시선을 모두 차단할 수 있을 만큼 긍정적인 에너지를 매일 받았다. 하지만 나에게 가장 중요한 키워드인 '비혼'과 '반려견', '동네 친구' 세 가지를 한 번에 만족할 수는 없었다. 비혼에 반려견이 있으면 멀리 살았고 비혼인 동네 친구에겐 반려견이 없었다. 반려견을 위해서도, 나를 위해서도 주기적으로 모이는 동네 개 친구의 존재가 필요했다.

비혼 모임에 반려견과 사는 사람이 어느 정도 많아졌을 때, 나와 뜻이 같은 친구들이 모여 반려인 비혼 여성 모임을 만들었다. 지금은 스무 명에 가까운 인원이 함께하고 있다. 크진 않지만 우리끼리 반려동물 용품 공구를 열어 함께 구매하고 우리 집 개는 안 먹는 사료나 간식, 안 맞는 옷을 나눌 수 있는 비혼메이트가 생긴 것이다. 늘 사람들과 함께하고 싶어하는 나에게 반려견을 키우는 비혼인의 존재가 얼마나 소중한지. 나는 최근에 기적적으로 나와 가까이에 반려견과 함께 살고, 나와 성향이 맞고, 만날 수 있는 시간대가 일치하는 비혼메이트까지 생겼다.

구조자 분과 약속했던 세 달의 임시보호가 입양이 되고, 어느덧 5년에 가까운 시간이 지나는 동안 콩이와 함께했다. 처음 콩이를 데려왔을 땐 귀여운 옷을 입히는 게 참 좋았다. 안 그래도 귀여운데 귀여운 옷을 입은 귀여운 개라니! 내 마음에 쏙 드는 것 말고도 큰 이점이 있다. 8kg 믹스견인 콩이는 사람들이 무서워하며 피할 때가 많았는데, 체크 패턴의 귀여운 민트색 맨투맨을 하나 걸쳤더니 갑자기 사람들의 반응이 긍정적으로 변했다. 귀엽다는 칭찬도 듣고, 인사해도 되냐며 물어오는 사람도 생겼다. 강아지의 대인사회성을 교육하기에 제법 좋을 것 같았지만 그런 꾸밈을 해야지만 '무섭지 않은 개'가 되는 게 여성이 대상화되는 것과 뭐가 다른가 싶었다. 사람들에게 예쁨받으려는 목적으로는 옷을 입히지 않기로 했다. 예쁜 옷을 입지 않아도, 사람들이 귀엽다고 인정해 주지 않아도 내 개는 귀여운 내 개다.

사람 옷에도 관심이 많이 없는 나는 강아지 옷에는 정말 문외한이지만 지난 몇 년간 직접 쇼핑하고, 고민하고, 구매하고 입혀 보면서 나만의 기준을 만들었다. 적절한 소재를 사용해 개의 움직임에 제한이 없어야 하고, 다양한 체형을 가진 개들 모두를 만족시킬 순 없지만 사람 옷처럼 팔을 몸통 양 옆으로 다는 짓은 하지 말아야 한다. (사족보행을 하는 개 옷은 보통 팔이 몸통의 앞쪽으로 달려 있다.) 당연히 전혀 필요 없는 프릴, 시스루, 레이스 같은 장식으로 점철된, 오로지 귀여운 모습만을 위한 옷은 피한다.

사랑하는 반려견의 안전과 건강을 위한다면 한여름 자외선과 벌레, 갑자기 내리는 비를 막아 줄 옷, 한겨울 추위를 막아 줄 옷이면 충분하다. 콩이가 치를 떨 정도로 옷 입는 걸 싫어하는 덕분에 이제는 옷을 거의 사지 않고 있긴 하지만 솔직히 귀여운 옷을 입히고 싶은 마음이 불쑥불쑥 올라온다. 그 마음을 다스리며 가을이나 겨울이 되면 뭘 입힐지, 얼마나 귀여울지 기대하면서 더운 계절을 나는 것도 소소한 재미다.

반려동물과 함께 살면 이 작은 생명 하나로 인해 포기해야 할 게 너무 많은 데다 돈도, 시간도, 체력도 많이 들고 인생이 항상 불편하고 시끄러워진다. 내 생활에 제약이 생기는데 왜 항상 행복하다는 느낌이 들까? 휴대폰 앨범에는 반려견 사진만 몇만 장이 넘어가고 세상 사람들이 우리 개의 귀여움을 알았으면 좋겠다는 생각이 마음 한편에 주춧돌처럼 자리잡았다.

개 때문에 일상에서 느끼는 감정의 총량을 100이라고 할 때 이런저런 스트레스 받는 일 60, 행복한 일 40이어도 항상 그 40이 100으로 확대돼 나를 가득 채운다. 스트레스 60 안에는 반려견이 떠나고 난 뒤 힘들어 할 나에 대한 불안과 걱정도 있다.

나는 중학생 때부터 팬더마우스, 골든햄스터 등 소동물을 오래 키웠다. 소동물은 수명이 짧은 편이기 때문에 2년쯤 될 때마다 무지개다리 너머로 보낸 경험이 많다. 아이를 떠나보낼 시기가 되면 새로운 친구를 데려와 절대 빈자리를 만들지 않았지만 과연 콩이가 떠날 때가 되면 다른 개를 생각이나 할 수 있을지 모르겠다. 아마 못 하지 않을까.

처음 콩이를 데려오고 사정없이 흩날리고 박히는 털에 스트레스를 받을 때 뇌리를 스쳤던 생각이 항상 작게나마 마음 한구석을 차지하고 있다. 지금은 시도 때도 없이 돌돌이를 손에 들게 하고 청소기를 돌리게 하는 지긋지긋하기만 한 털이, 나중에 콩이가 떠나고 나서도 몇 년은 어디선가 자꾸 나타나 나에게 잘 지내냐며 천연덕스럽게 인사하는 슬픔이 될 것 같다는 예감이다.

콩이를 데리고 친구 차를 얻어 타거나 친구 집에 놀러 갔다 오면 그 잠깐 동안 빠진 털들이 치워도 치워도 며칠 동안 계속 나온다고 한다. 길어 봤자 1박 2일 있는 공간에서도 그 정도인데 몇 년을 함께 살았던 공간에서는 털이 얼마나 많이 나올지 벌써 두렵다. 콩이가 떠난 후 마주칠 콩이의 분신은 큰 절망으로 다가오지 않을까. 그렇게 나오는 털의 양이 점점 줄어들 때마다, 이미 세상에 없는 아이를 다시 떠나보내는 느낌을 받을 게 분명하다.

먼저 무지개다리 너머로 소풍 간 반려견이 무엇을 바랄지는 보호자로서는 절대 알 수 없다. 좋은 추억으로 자주 꺼내 보는 것도, 아픈 추억으로 다시는 꺼내 보지 못하는 것도 그저 인간의 성향에 따른 선택이다.

지금은 생각만으로도 끓어오르는 슬픈 감정을 감당할 수 없어 반려동물의 죽음과 관련된 모든 것을 기피하고 있지만 언젠가 떠난다는 걸 인정하고 펫로스 증후군(반려동물이 죽었을 때 느끼는 우울감이나 상실감)에 대비하려 노력한다. 1kg에 5만 원씩 하는 금사료를 안겨 주진 못하더라도 무리하지 않고 나와 콩이가 둘 다 행복할 수 있는 선에서 최대한 해 주는 게 땅콩이가 떠난 뒤 후회를 덜 수 있는 방법이라 결론 내렸다. 나중에 나의 첫 개를 추억할 때 후회보다 행복한 감정을 더 많이 떠올릴 수 있도록, 먼저 떠나 나를 기다리고 있을 개가 힘들어하는 내 모습에 슬퍼하지 않도록 말이다.

정말 사랑스럽고 반쯤 미쳐 있었던, 세상에 하나뿐인 내 똥강아지와 다사다난했던 날들을 즐겁게 추억할 수 있도록, 기쁨과 행복, 즐거움뿐 아니라 가슴이 미어지는 슬픔과 사무칠 그리움, '나와 함께해서 정말 행복했을까?'라는 평생 답을 알 수 없을 질문까지도 내 가족이자 친구였던 콩이가 주는 선물로 받아들일 것이다.

디폴트 :: 재테크

홀로서기는 두렵다.

하지만 내 입에 들어갈 질 좋은 음식과

하루의 끝에서 온전히 휴식할 수 있는 나만의 공간이 있다면

우리의 홀로서기는 한결 수월해질 것이다.

여자들에게 가장 필요한 것은 비싼 차, 많은 돈이 아니라

삶을 지탱해 줄 '나만의 것'이다.

진짜 내 집을 찾아서

- 무계획 자취 10년 차의 독립일기

페미니즘을 알고 온전히 나를 위한 삶을 찾는 과정에서 드라마틱한 변화를 많이 겪었지만, 돈을 대하는 태도는 그리 많이 바뀌지 않았다. 나는 애초에 돈에 별로 관심이 없는 사람이다. 예전부터 돈과 명예 중 하나만 선택하라고 하면 망설이지 않고 "명예!"라고 외치는 사람이었으니. 그러고는 주위 친구들이 말도 안 된다는 야유를 보내면 꿋꿋이 돈보다는 내 이름을 의미 있게 남기는 게 더 좋다는 말로 일관하곤 했다.

특히나 예전의 나는 경제관념이라고는 거의 없는 사람이나 마찬가지였다. 200만 원을 벌어 180만 원이나 쓰고도 '어, 20만 원이 남았잖아?! 이건 어디다 쓰지?'라는 생각을 하는 사람이었다. 저축 따원 머릿속에 존재하지 않는 개념이었다.

지금 생각하면 그렇게까지 내일 없이 살았다는 게 새삼 놀랍다. 덕분에 여러가지 경험도 많고 내 취향에도 빠삭한 편이지만 또래보다 턱없이 적은 자산을 보면 가슴 한 켠이 쓰려오는 건 부정할 수 없다.

이렇게 늘 돈에 대해선 초지일관 심리적 거리두기 상태를 유지하며 살아왔지만 희한하게 '각성'을 하고부터는 모이는 돈의 액수가 달라졌다. 꾸미는 낙이 인생에서 아주 큰 지분을 차지했던 그 시절엔 매달 인터넷쇼핑으로 옷을 7, 8벌은 샀고, 화장품이나 미용실, 속옷이나 네일샵 등에 많은 돈을 소비했다. 지금은 화장도 염색도 할 필요가 없어졌지만 패션 좋아하는 성향이 어딜 가겠나? 혼삶비결 활동기 땐 매 계절 코디 영상을 만들어 올렸을 정도로 여전히 패션을 좋아한다. 그런데 신기하게도 탈코르셋을 하기 전과는 드는 금액이 천지 차이다. 요즘은 계절이 바뀔 때 옷을 한꺼번에 쇼핑하고, 평소엔 깔끔하면서도 내 취향이 반영된 옷들을 적당히 돌려 입는다. (그래도 주변 친구들에 비해 옷이 많은 편이긴 하다.) 결과적으로 그런 것들이 조금씩 모여 통장에 점점 큰 금액이 생기더라. 거기다 편안함과 건강은 덤! 이것이 탈코르셋을 하고부터 자연스럽게 따라온 절약이라면, 자의적으로 돈을 모으게 된 이유가 한 가지 더 있다. 바로 제대로 된 '내 공간'을 갖고 싶다는 열망이다. 인간 생활의 세 가지 필수 요소인 의, 식, 주 중에 오늘날 가장 가치가 커진 것은 단연 '주(住)'일 것이다.

나는 대학진학과 동시에 상경하면서 자연스럽게 독립을 했기 때문에 자취 경험이 긴 편이다. 일찍 모부로부터 떨어져 나와 스스로 생활을 꾸리게 되면 확실히 저축에 큰 장애물이 생긴다. 하지만 주변인들이 안정과 독립의 기로에서 고민할 때, 나는 독립을 한 번쯤 해 보기를 적극 추천하곤 한다. 모부님과 함께 살았을 때는 당연했던—집에 돌아오면 밥상이 차려져 있다거나, 냉장고를 열면 밑반찬 한두 가지는 늘 있는—장면들은 이제 어림도 없다. 독립이란 온전히 내 힘으로 의, 식, 주를 모두 해결해야 한다는 의미이다.

나는 가계부는커녕 용돈기입장조차 한 장을 넘겨 써 본 적이 없을 정도로 돈 관리에 젬병인 사람이다. 가지고 싶은 것은 바로 사고, 하고 싶은 것은 지금 당장 해 버려야 직성이 풀렸다. 이런 나의 생활습관은 독립 후 몇 번의 위기를 겪고 나서야 바뀌었다. 가지고 싶던 비싼 전자기기를 들였다거나, 맛있는 이자카야를 발굴했다거나 하는 일이 생겨 생활비 관리에 실패한 달에는 식사를 해결할 돈이 없어 일주일 동안 두유만 먹은 적도 있었고, 월세를 내지 못해 당장 잘 곳이 없는 상황을 상상하며 잠 못 들기도 했다. 또 갑자기 들어갈 목돈에 대비해 비상금을 모아 둬야 한다는 것도 알게 되었다. 공과금은 아직도 어려운데 여름엔 에어컨을 너무 많이 틀어서, 겨울엔 난방을 너무 많이 때서 다음달 관리비가 많이 나오지는 않을까 늘 조마조마하곤 한다.

그뿐인가. 독립은 내 공간을 지키기 위한 끊임없는 사투의 연속이다. 부동산에서 나와 좋은 조건에 계약을 하기로 해 놓고 다음날 돌연 다른 사람에게 팔기로 했다며 계약을 취소한 적도 있었고, 새로 들어왔고 월세라는 이유로 집 주인에게 무작정 쓰레기 불법투기의 범인으로 의심받은 적도 있었다. 입주하자마자 하자를 발견했는데 수리해 주지 않겠다는 집 주인과 실랑이를 벌이는 것은 예사다. 모두 지금이라면 가만히 당하고만 있지는 않을 일들이다. 이렇게 혼자 내 인생을 꾸려 나가는 경험은 내가 심리적 독립을 하는 데에 가장 큰 도움을 줬다.

고지서 납부나 대형폐기물 배출쯤은 척척 처리할 수 있게 된 자취 10년차. 나이 앞자리가 한 번 바뀔 동안 나는 총 네 번의 이사를 했다. 고시원에서 시작해서 기숙사로, 학교 앞 원룸촌의 4평짜리 방으로, 다음은 복층형 풀 옵션 오피스텔, 그리고 지금은 아파트에서 전세로 살고 있다. 사실 20대 초반엔 아무에게도 방해받지 않을 수 있는 나만의 공간이 생긴 것만으로도 감격이었기에 '원룸에서도 평생 살 수 있을 것 같은데? 나는 혼자 사는데 무슨 큰 집이 필요해―'라는 생각을 했었더랬다. 하지만 쾌적한 집에 대한 갈망이 커진 지금에서야 깨달았다. 그 생각은 독립의 자유를 만끽하느라 눈에 뵈는 게 없었던 스무 살의 오산이었다는 걸.

4평짜리 원룸에 살 때는 그 공간이 나의 '집'이라고 생각하지 않았다. 잠깐 머무르는 곳 또는 쉬거나 잠을 자는 곳이었고, 그래서 그 공간을 채우는 것도 대충대충 했다. 그릇이나 식기도 그냥 다이소에서 천 원짜리를 구매했고 필요한 가구가 있으면 대충 검색해서 싼 걸로 샀다. 언제 이사 갈지 모르니 큰 가구들은 쳐다보지도 않았다. 매트리스도 주변에 사는 친구가 버린다는 걸 달라고 해서 가지고 왔고, 그 위에서 몇 년을 잤다.

식사도 대충 바닥에 앉아서 먹었다. 바닥에 앉아서 먹기 싫으면 나가서 사 먹었다. 그렇게 살다 보니 허리는 바닥 생활을 할 때보다도 안 좋아졌고 건강도 안 좋아졌다. 집 정리를 해야겠다는 생각도 흐려졌고 물건들을 사용하고 아무 곳에나 널브러뜨리고 치우지 않았다. 힘들여 정리해 놓고 싶은 공간이 아니었으니까. 그렇게 생활을 유지하는 감각이 점점 무뎌졌다.

　요리를 하고 싶은 공간이 아니었기에 부엌이라고 마련된 공간은 아예 손을 대지 않았고, 밖에 나가서도 대충 편의점에서 도시락이나 삼각김밥을 사 먹거나 아무 식당에서 맛을 따지지 않고 값싸게 한 끼를 해결했다. 그렇게 삶을 지탱하는 많은 것들을 '대충대충' 때웠다. 그때를 돌아보면 나는 이 도시에 편입되어 발붙이고 사는 것이 아니라 몸만 어거지로 주변을 떠도는 것처럼 느꼈던 것 같다. 그렇게 몇 년을 살다 보니 내가 좋아하는 것에 대한 감각이 서서히 사라지게 되었다.

　그러다 3년쯤 전, 동생과 함께 아파트에서 살게 되었다. 비록 투룸이라고 겨우 부를 수 있을 만한 작은 평수지만 아파트에 사는 것은 원룸이나 빌라의 투룸과는 아주 다른 감각을 선사했다. 도로 한복판에 집의 입구가 있는 것이 아니라 경비실을 한 번 거쳐야 하고, 단지가 조성돼 있고, 그 안의 보안시설을 한 번 거쳐야 우리 집으로 들어올 수 있다는 것은 큰 심리적 안정감을 줬다.

　공간에 대한 애착이 생기니 신기하게도 이전과는 달리 그 안을 하나둘 내가 좋아하는 것들로 채워 나가기 시작했다. 나는 원색과 메탈이 적절히 배합된 가구들을 좋아하고 베란다는 필수로 갖춰진 집을 원한다는 것을 알기까지 참 오랜 시간이 걸렸다. 퇴근 후에도 집에 들어가기 싫어서 이곳저곳을 기웃거렸던 이전과는 달리, 마음 놓고 쉴 수 있는 '내 집'으로 퇴근하는 것이 기다려졌다. 문을 열면 나를 맞아주는 생강이를 지나 (지금은 생강이 대신 깔끔한 현관이 날 맞아주지만) 오롯이 내 취향으로 채워진 공간에 들어서면 안정감이 밀려왔다. 몇 달간 고심해서 고른 테이블과 진열장, 계절마다 색감과 패턴을 바꾸는 베드스커트와 침구, 자기 30분 전에 이불에 살짝 뿌리는 섬유 향수의 향기…….

그때 집이라는 공간이 계속해서 무언가를 꿈꾸며 삶을 이어 나갈 에너지 저장고가 될 수 있다는 것을 온 몸으로 느꼈다.

삶을 지탱하는 힘은 온전히 나를 위해 차려져 있는 집이라는 공간에서 온다. '쾌적한 내 공간'에 대한 갈망이 커지면서 자연스레 부동산에 대한 관심도 함께 늘어났고, 아파트 청약도 넣어 보고 전세대출도 받아 보았다. 그 과정에서 절실히 느꼈다. 나는 혼자 사는 여자이기 때문에 집을 구할 때 다른 사람들과는 확연히 다른 출발선이 주어진다는 사실을.

내가 출발선에서 막 걸음을 뗐을 때 다른 사람들은 이미 한참 앞에서 출발하고 있거나, 결혼을 하지 않았다는 이유로 나는 아예 자격조차 얻을 수 없는 경우도 많았다. 버는 사람이 둘이기 때문에 얻는 장점도 있지만 한국에서 '신혼부부'라는 명함은 내 집 마련 시장에서 대단한 파워를 발휘한다. 그들은 국가가 허락한 이성애 정상가족이라는 울타리 안에서 대출도 나보다 훨씬 더 좋은 조건으로 받을 수 있고(금리가 거의 두 배가 차이 난다!), 청약이나 공공주택 공급에서도 훨씬 유리하다.

'지금부터라도 서서히 내 집 마련 준비를 하지 않으면 할머니가 돼서도 집을 여기저기 옮겨 다닐 수도 있겠는데?!'라는 불안이 피부로 서늘하게 와닿았다. 내가 금수저라도 돼서 서울에 집 한 채쯤 떡하니 있으면 좋으련만 현실은 학자금대출만 겨우 다 갚은, 전세대출을 왕창 끼고 있는 평범한 직장인 1인일 뿐이기에.

나는 늘 '어떻게든 되겠지! 다 잘될 거야!'라는 대책 없는 자신감을 가지고 살아왔다. 그래서 미래의 생활에 대한 걱정도 별로 하지 않았다. 하지만 나이의 앞자리가 2에서 3으로 바뀌고, 여기저기 이사를 다니는 것도 지겨워지면서 매달 월

세 걱정을 할 일도, 누구의 눈치도 볼 필요 없는, 언제든 그 자리에 사라지지 않고 존재하는 내 공간이 가지고 싶다는 생각이 강렬하게 든다.

얼마 전 제주도에서 돌아오는 비행기 안에서 빽빽이 늘어선 서울의 아파트들을 내려다보며 이런 생각을 했다. '이 도시 어딘가에 내 집이…… 있을까? 있겠지?' 그래서 요즘은 재테크와 심리적 거리를 좁히려고 노력하고 있다. 제2, 제3의 파이프라인을 개척하기 위해 내가 할 수 있는 새로운 일이 무엇일지 고민도 해 보고, 주식도 시작했다. 이전처럼 대책 없이 월급을 다 써 버리지 않게 통장도 나눠서 관리하며 청약도 나중에 '영끌' 하는 한이 있어도 일단 신청하고 본다.

꽤나 장족의 발전인가? 좀 더 일찍 경제관념을 탑재했더라면 얼마나 좋았을까 싶지만 지난 10년간의 자취 경험이 이제라도 나를 올바른 곳으로 인도하고 있음에 감사한다. 내 공간을 향한 이 갈망을 놓치지 않으려 오늘도 퇴사하고 싶은 마음을 꾹 참고 일하러 간다. 어딘가에 있을 내 집에 한 발짝 더 가까워지기 위해!

안정적인 인생은 안정적인 주거에서

(에이)

          비혼 결심 이후 가장 큰 고민은 단연 돈 문제다. 처음에는 결혼하지 않고 자식 키울 일이 없으니 그만큼 돈이 남을 거라 착각했었지만 나 혼자 한평생 내 몸 건사하기 위해 어쩌면 결혼한 사람보다 더 많은 돈이 필요할 수도 있다는 걸 깨달았다.

'타인의 개입 없이 나 혼자 벌어서 나 한 사람의 모든 부분을 끝까지 책임져야 한다.'

어떻게 보면 당연한 이 일이 비혼을 결심하고 보니 힘든 짐처럼 느껴졌다. 한창 젊고 능력 있는 지금은 어느 정도 일을 쉬어도 큰 타격이 없지만 나이가 들어 어떤 이유로든 경제활동을 못 하게 될 경우, 내가 모아 둔 돈만이 나를 도와줄 수 있다. 그리고 언제가 될지 모를 그때에 모아 둔 돈이 충분하지 않다면 인생이 어떻게 힘들어질지 어렵지 않게 예상할 수 있다. 비혼으로 쭉 산다면 셰어하우스나 동거, 꿈만 같은 비혼 타운처럼 특별한 경우를 제외하고는 아마 혼자 살게 될 텐데 과연 지금 벌이로 어떤 곳에서 어떤 노후를 살게 될지 앞이 깜깜했다.

나는 귀소본능이 강한 사람이다. 익숙한 장소에서 배변 활동이 잘 되고, 해외여행을 가도 5일째쯤 될 때면 집이 보고 싶다. 익숙한 곳에서 벗어나 멀고, 새롭고, 모르는 사람들이 있는 미지의 곳으로 가는 휴가가 즐거운 건 돌아와 지친 몸을 쉬게 할 익숙한 집이 있어서가 아닐까 생각한다. 이처럼 안정적인 인생은 안정적인 주거에서 나오며, 안정적인 주거를 갖추기 위해선 경제력이 필수 요소다. 하지만 한국, 그것도 서울에서 편안함을 느끼기 위해 이제는 비혼주의자가 된 내가 혼자 집을 마련하려면 갈 길이 멀어 보인다.

개인의 경제력만으로 안정적인 주거환경을 마련하기 점점 어려워지는 이 시대에 정부는 신혼부부와 대가족 위주의 주택 정책을 내놓고 있다. 1인 가구와 비혼 여성은 주택을 구매하는 데 상대적으로 불리할 수밖에 없는 구조. 청년주택, 청년 전/월세 지원, 셰어하우스 등 다양한 사회적 주택과 지원 제도가 생기고 있지만 우리에겐 여러 가지 임대주택 중

하나를 선택하기보다 '내 집'을 구할 수 있게 해 줄 해결책이 더 필요하다. 게다가 반려 동물을 기르는 나 같은 이들에게 반려 동물을 기르지 못하는 임대주택은 그림의 떡이다. 그렇다고 준비하지 않은 채로 미래를 맞이한다면 언제 어느 길로 나앉을지 모르기에 내가 당장 할 수 있는 재테크부터 시작하기로 했다.

돈 얘기는 어렵고 복잡하다는 생각에 관심조차 두지 않았던 재테크를 처음 시작하려니 막막하기만 했다. 그리고 그 막막함은 나를 작아지게 만들었다. 온갖 전문 지식이 범람하는 바다 한가운데에서 종이배 끄트머리를 겨우 붙들고 정보 폭풍에 휩쓸리느라 정신을 차릴 수 없었다. 주위를 둘러보면 다들 앞서 나가 돈을 벌고 있는 것 같은 뒤처진 기분에 조급한 마음만 불어나는 시기였다.

예금, 적금, CMA, 보험, 주식, 펀드, 금테크, 상테크, 환테크 등등 내가 미처 다 알 수도 없는 수많은 방법들이 있고 사람들은 계속해서 새로운 방식으로 돈을 쓸어담고 있었다.

뭐라도 무작정 시작해 보려 할 때 마침 주식 열풍이 불어 주변 흐름에 못 이기는 척 살짝 끼어들었다. 처음엔 제대로 공부하고 준비해서 시작하겠다고 생각했지만 공부는 도저히 끝이 보이지 않았다. 수많은 정보가 정리되지 않은 채 엉망진창으로 내 머릿속을 채웠다. 자세히 배우려 할수록 투자를 시작하는 시점만 늦어지는 것 아닐까 하는 조바심이 들었다.

'차트를 볼 때 뭐가 중요하다고 했지? 20일선인가? 아, 거래량을 보라고 했던가? 에라 모르겠다!'

그냥 눈 질끈 감고 10만 원을 떼다 친구의 추천 종목에 넣었다. 버리는 돈이라 생각하고 잃으면 어쩔 수 없다는 생각이었다. 아무 생각 없이 저지른 일이었지만 진짜 내 돈이 오르내리는 긴장감을 겪어 보니 공부가 절로 됐다. 처음 충동적으로 주식에 발을 들인 뒤 2년이 훌쩍 지나 이제는 장타 위주로 적금처럼 굴리고 있는데, 은행 예적금 이자보다 물가상승률을 반영하는 주식의 수익률이 더 높다. 얼마 전에는 비상장 주식을 거래할 수 있다는 것도 알았고 공모주 청약도 처음 해 봤다.

가끔 회사 선임이 출근길에 단타로 몇십만 원을 버는 걸 보며 솔깃하긴 하지만 내가 들이는 시간과 받는 스트레스에 비해 버는 돈이 크지 않을 걸 알기에 단타는 하지 않고 있다. 뭔가에 쫓기듯 하루에도 몇 번씩 사고, 팔고, 종목 분석에 하이에나처럼 정보 검색을 하는 건 나와 맞지 않다. 하나씩 천천히 배워 나가면서 언젠가 내 성향에 맞는 투자 방법을 찾을 것이다.

가까운 미래에 독립을 하게 된다면 내가 갈 수 있는 곳은 얼마 없다. 집은 저렴할수록 치안이 좋지 않은 게 현실이고 갑자기 누가 몇억 원을 현찰로 쥐여 주지 않는 이상 내 돈으로 구할 수 있는 집은 치안을 기대하기 힘든 수준이다. 이 수준을 안심하고 쉴 수 있는 집을 구할 수 있는 수준으로 끌어올리고자 내 남은 인생을 통째로 다시 계획하고 있다.

집은 구석구석마다 살고 있는 사람의 손길이 묻어나는 가장 개인적인 공간이다. 바깥 세상의 온갖 풍파를 헤치고 지친 몸과 마음을 뉘여 편하게 쉴 수 있는 휴식이 보장되어야 한다. 먹고 싶을 때 먹고 싶은 메뉴를 먹고, 집안일을 조금 미뤘다 하더라도 누구의 눈치도 보지 않는 게으른 행복을 위해 그저 신중하고 묵묵히 나만의 방을 가지길 기다린다. 잘 알아보지 않고 급하게 쓴 돈은 늘 내 뒤통수를 때렸기 때문에 조급함은 금물이다. 내가 꿈꾸던 안전한 주거를 마련할 때까지 천천히, 단단하게 쌓아올릴 것이다.

디
폴
트
::
커
리
어

계속 달리다 보면 주저앉고 싶은 순간이 오기도 한다.

앉았다가 다시는 일어나지 못하는 건 아닐까 하는 걱정에

자신을 채찍질할 때도 있지만 우리에게도 휴식은 필요하다.

다른 여성을 돕는 것도 좋지만 그 전에 한평생 나와 함께 살아갈,

그리고 역시 여성인 자신을 먼저 돕자.

앞으로 더 잘 살기 위해 나를 더 잘 챙겨 주기로 하자.

맛있는 열 우물,
열심히 판 한 우물 안 부럽다

나는 2, 3년 간격으로 힘들고 우울할 때가 꼭 찾아오는데, 주기적으로 찾아오는 그 시기를 '인생위기'라고 부른다. 성인이 되고 나서는 총 네 번 정도를 맞닥뜨렸고, 수차례 경험하다 보니 이젠 나름의 데이터가 생겼다.

일단 대부분의 인생위기들은 나의 기질적인 면에서 비롯됐다. 나는 타고나기를 한 가지에 쉽게 질리는 성격이다. 한번은 상담 센터에서 기질 검사를 한 적이 있는데 '자극 추구' 항목이 상위 2%가 나왔다. 끊임없이 새로운 것을 추구하고, 한 곳에 머물러 있는 것을 힘들어한다.

취미 하나를 시작하면 몇 달을 못 가는 사람, 장기전이 되는 공부는 절대 못할 사람, 한 자리에 앉아서 똑같은 일을 한 시간 이상 하지 못하는 사람이 바로 나다. 물론 서울도 주기적으로 지겨워지곤 하는 바람에 여기저기 여행을 다녀서 국내며 해외며 안 돌아다녀 본 곳이 없다. 성인이 되고 나서 만든 두툼한 10년짜리 여권을 반 이상 채웠고 대부분 아무 계획 없이 비행편과 첫날 묵을 호텔만 예약한 채 떠났다. 사주에 역마살이 껴도 단단히 꼈나 보다고 웃어넘겼던 게 내 기질에서 비롯됐다는 이야기를 들으니 조금 납득이 됐다.

덕분에 이것저것 시도해 본 것도 많아서 또래에 비해서 다방면으로 경험이 풍부한 편이다. 언어도 이것 조금, 저것 조금 해 보는 바람에 대략 5개 국어를 초급 수준까지는 구사할 수 있고 관심이 있으면 다 찾아보고 탐구해야 하는 성격 탓에 잡지식도 다양하다. 만약 당신이 술자리에 날 부른다면 안주용 이야깃거리가 떨어질 걱정은 하지 않아도 될 거다.

이런 나의 기질은 직업을 선택하고 커리어를 이어 나갈 때도 마찬가지로 십분 발휘됐다. 하지만 커리어에 있어서는 한 우물만 열심히 파는 사람이 성공하는 게 정설 아닌가. 어떤 분야에서든 일만 시간을 채우면 그 분야의 전문가가 된다는 '일만 시간의 법칙'이라는 것도 있다. 이와 비슷하게 같은 직장이나 분야에서 10년을 채우면 어느 정도의 경지에 오르고 인정받게 된다고 한다. 물론 10년이라는 시간이 절대 짧은 시간은 아니지만, 내게 10년은 관심 분야를 다섯 번쯤은 바꾸고도 남을 만큼의 긴 시간이다.

스물 두 살 때, 학교 소개로 어느 디자인 에이전시에서 인턴을 한 적이 있다. 두 달간의 짧은 인턴기간 동안 내가 들은 '다시 해 와'를 다 이어붙이면 노래 한 곡은 만들 수 있을 거라고 장담한다. 많은 디자인 회사들이 그렇듯 자연스러운 야근은 인턴에게도 해당되는 거라서, 회사에서 한 시간 걸리는 집까지 가느라 쓴 새벽의 택시비만 다 합쳐도 얼추 100만 원은 넘겼을 테다.

대부분의 디자인과 학생들은 자신의 창작욕구를 펼칠 수 있을 거라는 꿈을 안고 대학교에 진학한다. 하지만 실제로 그것이 허락되는 디자이너는 극소수이다. 기업에 취직하고 나면 나의 취향은 무시되고 그저 인형놀이처럼 양쪽에서 날아드는 클라이언트와 상사의 요구사항에 맞춰 바삐 두 손을 놀릴 뿐이다. 그 두 달간의 혹독하고도 진했던 사회생활 후에, 나는 디자인에 완전히 질려 버렸고 과연 이 길이 내 길인가라는 고민에 머리를 싸매고 다분히 예상 가능한 결론을 내린다. 잇츠 휴학 타이밍.

그러나 대책 없는 휴식은 당연히 답을 주지 않았고 난 뭐라도 경험해야겠다는 생각에 아르바이트로 돈을 모아 도피

하듯 태국으로 세 달 살기를 떠났다. 그때는 몇 달 살기라는 개념이 지금처럼 유행하지 않았을 때라, 모든 것을 혼자 알아봐야 했다. 방콕에 세 달간 머물 수영장이 딸린 콘도(한국의 아파트와 비슷한 개념—보증금 없이 월 단위 렌탈이 가능하다)를 잡았고, '돈을 어떻게 쓸지'만 생각하며 지냈다. 태국 음식은 내 입맛에 너무나도 잘 맞았고 매일 새 음식점을 개척했다. 점심을 먹고 시간이 남으면 숙소로 돌아와 수영을 했고, 밤이 되면 그곳에서 만난 사람들과 술을 마셨다. 도시 생활이 지겨워지면 아름다운 동남아 해변이 기다리는 섬으로 여행을 떠났다.

그러는 사이 귀국 날짜는 점점 눈앞으로 다가왔다. 곧 내 휴학도 끝난다는 의미였다. 나는 이 길을 계속 가야 하는지도 못 정했는데. 이 길을 가지 않는다면 디자인과는 그만두어야 하는 걸까? 내가 그렇게 원하던 학교와 과였는데. 마지막 한 달은 하루에 한 끼만 먹으며 침대 위에서 누워서만 보냈던 것 같다. 해외여행까지 가서 우울증이라니, 낭비도 그런 낭비가 없었다.

인천공항으로 돌아오는 비행기 안에서 내 마음은 거의 바위 하나가 얹힌 듯 꽉 막힌 기분이었고, 여전히 과거의 노력과 새로운 미래 사이에서 결정을 내리지 못한 채 새로운

학기를 맞이했다. 그때는 이게 처음이자 마지막 진로 고민일
줄로만 알았다.

늘 힘든 시기는 인생의 큰 갈림길 앞에 섰을 때, 인생이
내 뜻대로 흘러가기는커녕 좌절을 줄 때 찾아온다. 나의 두
번째 인생위기는 마케터로 일했던 시기에 찾아왔다. 의대도
아닌데 4년제 대학을 6년이나 다니고서야 겨우 졸업을 한
후, 나는 진짜 내가 하고 싶은 분야인지도 잘 모르고서 채로
나의 능력과 흥미를 그나마 살릴 수 있을 것 같은 마케팅 분
야에 도전했다. 미친 것 같은 취업난과 경쟁률에 최종면접에
서 탈락하기를 여러 번, 결국엔 더 이상 취준 생활을 견디지
못하고 아무 곳에나 들어갔다. 다행히 이번엔 칼퇴는 보장되
었으나 3개월이 지나자 문제가 생겼다.

스트레스를 받으면 바로 몸으로 나타나는 편이기에 긴장
의 끈을 놓는 주말이 오면 꼭 한 달에 한 번씩 위경련으로
응급실에 실려갔다. 당연히 한 회사에서 1년을 버티기가 힘
들었고 그렇게 두 군데를 1년씩 채워서 다녔다.

두 번째 회사를 나오는 날, 나는 느닷없이 석사 유학 결
심을 한다. 그렇게 나의 세 번째 인생위기가 찾아왔다. 2년
동안 밥벌이로 해 온 일이 마케팅이니, 이참에 비즈니스 스

쿨을 가 보자는 생각이었다. 디자인 능력에 경영 쪽 지식을 합치면 뭐라도 될 것 같은데? 싫었다. 그리고 또 동원이 되어 준 것은 디자인학도 시절부터 꿈꿨던 유학에 대한 미련 한 스푼. 그렇게 약 1년간 CV(이력서), 영문 자기소개서 등 갖가지 서류 준비와 함께 필요한 아이엘츠 시험 점수를 맞추는 데에 전력을 다했다.

모두가 같은 곳을 바라보고 달리던 고등학생 때와는 달리 주변에서 함께 싸우는 이가 아무도 없는, 오로지 나와의 긴긴 싸움이었다. 총 세 곳을 지원했고, 감격스럽게도 결과는 모두 합격! 대학 입학처에서 직접 쓴 손글씨로 내 이름이 적힌 오퍼 레터를 받았을 때 얼마나 행복했던지. 그런데 막상 떠나려고 하니 예상치 못한 곳에서 브레이크가 걸렸다.

진로에 대한 의심이나 고민 없이 '합격'만을 향해 달렸는데 이루고 나니 그제서야 그 목표를 찬찬히 뜯어보게 된 것이다. 과연 내가 1년(영국 석사는 1년 과정이다), 또는 2년 간의 석사생활 후에 그만큼의 보상을 받게 될 것인가? 나는 이미 4년, 아니 6년 간의 대학 생활을 통째로 무용지물로 만들어 버린 전적이 있기에 덜컥 겁이 났다. 물론 시간이나 돈 둘 중 하나라도 공짜였다면 두 말 않고 갔겠지만 해외 유학은 상당한 시간과 비용이 든다. 내가 조금씩 힘들게 모은 돈과 아빠에게 빌릴 돈, 그것들을 한 번에 배팅하기엔 내가 고른 경주마에 확신이 없었다. 결국 그 기회비용을 투자하기에는 무리라는 생각이 들어 유학길을 포기했다.

흔히들 90년대생이 특히나 힘든 세대라고 하지 않는가. IMF대부터 이어져온 긴 불황, 저성장 시대, 베이비붐, 어느 때보다도 경쟁률이 심한 취업난…… 나도 여느 90년대생들처럼 혹독하게 방황하고 그러면서도 치열하게 고민했던 것 같다. 연이어 방황을 하고 나니 이때쯤에는 0에서부터 다시 시작하는 느낌이었다. 과거의 맥락이나 역사를 상실한 채로 어디서부터 어떻게 시작할지 자리 잡을 터전부터 새로 골라야 하는.

그러던 와중에 에이를 만나고 본격적으로 유튜브를 통해 여성주의 창작활동을 시작하게 되었다. 영상 촬영과는 꽤나 친숙한 편이었지만, 다른 사람들에게 유익한 정보를 전달하고 그들의 만족을 위한 상업적 영상을 만드는 것은 처음이었다. 컨텐츠 구상과 대본 작성부터 제작, 촬영, 편집까지 모든 창작과정을 우리 둘이서 했다. 그것을 시작으로 지금은 잡지를 만들고 이렇게 책 작업도 하며 글도 꾸준히 쓰고 있다. 물론 그 과정에서 힘들 때가 없다면 거짓말이지만 창작

활동을 할 수 있다는 자체는 내게 큰 충족감을 준다. 누구의 컨펌도 받지 않고 나의 창작욕구를 마음껏 불태울 수 있다니. 인터넷 세상 만세다. 본디 창작은 치유의 행위라고 하지 않았던가. 역시 내가 디자인과를 간 데는 다 창작욕구가 있어서 그랬나 보다.

이러다 보니 할 줄 아는 것도, 해 본 것도 많은데 누가 나에게 뭘 잘하냐고 물어보면 선뜻 대답할 수가 없다. 가시적으로 내놓아 보일 수 있는 성과가 없기 때문이다. 한 줄로 요약해서 '나 ○○하는 사람이오' 하면 깔끔하련만, 내 역사는 그렇게 한 줄로 정리하기엔 너무 복잡하다. 여러 번의 고비가 찾아올 때마다 다들 회사든 학교든 잘만 참으면서 버티던데 나는 왜 이렇게 참을성이 없을까 하는 생각에 자괴감에 빠지기도 했고, 한 군데에 정착하지 못하고 이것저것 해 보고 마는 내가 아직도 철이 없는 것처럼 느껴지기도 했다. 가장 두려웠던 것은 미래를 떠올렸을 때, 내가 무엇을 하고 있을지 그 모습이 그려지지 않는다는 거였다. 어느 날들에는 미래의 나에게 변변찮은 직장조차 없을까 봐 꼬박 밤을 새기도 했다.

그리하여 30대가 된 지금까지도 내 진로고민은 현재진행형이다. 주변 친구들은 벌써 7~8년 연차의 어엿한 사회인이 되었고 나름의 안정을 찾아가는 동안 나는 2, 3년 주기로 내 진로를 진지하게 고민하며 '인생위기'를 겪고 있다. 어느 날 갑자기 내가 수능을 다시 치겠다고 마음먹는다 해도 놀라지 않을 만큼, 당장 5년 뒤의 내가 무엇을 하고 있을지 전혀 가늠이 되지 않는다.

그렇게 나는 수없이 넘어지고 일어서고, 때로는 겨우 기어가기를 반복하며 아직도 어디로 향하는지 알 수 없는 동굴 안을 지나고 있다. 하지만 이 속에서도 꽤나 긍정적인 성과가 있다면, 인생과 부딪히면서 나는 자신에 대해 잘 알게 됐다고 생각한다. 2년간의 회사 생활에서는 내가 조직 생활과 맞지 않는 인간이라는 사실을 뼈저리게 깨닫게 됐다. 주어진 일 외에도 신경 써야 할 게 사회생활, 인간관계 등 한두 가지가 아니었기 때문이다. 사무실에 앉아 있는 1분 1초가 눈치게임이라도 하는 기분이었다. 하지만 여성주의 창작활동을 시작하면서부터 나는 타인의 간섭을 받지 않는 순수한 작품활동과 틀에 박힌 일 두 가지를 적절하게 조절해서 할 때 가장 만족감을 느낀다는 사실을 알게 되었다.

지난 내 '인생위기'의 순간들을 돌아본다. 마치 '나 알아가기 타이쿤 게임'을 하는 것 같다. 난이도가 높아서 그렇지,

매 스텝이 이전의 스텝보다 내게 나은 선택임을 확인할 때 뿌듯하다. 그리고 모든 스텝들이 전혀 다른 방향을 가리키고 있는 것 같아도 그 사이에는 연관성이 있다는 사실을 깨달았다.

지금 나는 창작 활동과 본업 두 가지를 병행하고 있다. 뜻하지 않게 아르바이트 정도로 생각하고 면접을 봤던 일에서 정착하게 됐다. 이전의 노력들은 좌절됐지만, 그 방황의 과정에서 얻은 능력을 써먹고 있다. 그리고 내가 어떤 일과 안 맞는지 알게 되었으니, 그런 것들로부터 얻는 스트레스도 줄었다. 이 일은 불필요한 사회생활을 하지 않아도 되고 타인과 부딪히지 않아도 된다. 그리고 내가 나름 이 일에 소질이 있는 것 같아 이제까지 거쳐 온 일들 중에 가장 만족하며 하고 있다. 정말 인생은 알다가도 모르겠다. 이제는 이 업계에서 더 좋은 위치에 서기 위해 대학원을 생각 중이다. 물론, 언제 또 생각이 바뀔지 모르지만 말이다.

눈에 보이는 성과가 없다고 해서 내 경험들마저 사라진 게 아니었다. 오히려 그 경험들이 지금의 나를 만드는 자양분이 된 것이다. 이제는 이런 나를 인정하기로 했다. 세상에 한 우물만 들여다보는 사람이 있다면 여러 우물을 돌아다니면서 물맛을 조금씩 찍어 맛보는 사람도 있는 것 아닌가? 생각해 보면 나는 그때그때 하고 싶은 것에 충실한 삶을 살았던 것 같다.

이젠 불투명한 미래에 대한 걱정을 기대로 바꿔 보려고 한다. 물론 인생위기가 또 찾아온다면 또다시 불안함이 엄습해 오겠지만, 이전보단 나를 더 잘 알고 있으니 늘 그랬듯 현명하게 새로운 길을 찾을 것이라 믿는다. 2018년, 다들 각자의 진로에 대한 고민을 안고 있던 한 모임에서 했었던 나의 신년 건배사가 떠오른다. "본성을 거스르지 말자!"

꿈은 없고요,
그냥 혼자 잘 살고 싶습니다

(에이)

　　　　　　　　　나이가 들어서도 결혼하지 않은 채
경제활동을 이어 가는 여성이라고 하면 스테레오 타입처럼
떠올리는 이미지인 '골드미스'는 미디어에서 흔하게 보인다.
그들은 '일과 결혼했어요' 같은 말을 인생 모토 삼아 식사도
거르고 오로지 앞만 보고 달리는 워커홀릭 면모를 여실히
보여 준다. 결혼주의자 시절 나는 결혼을 '못' 한다면 차라리
드라마 속 여자처럼 돈 많고 능력도 좋아서 럭셔리한 스포
츠카를 끌고 다니는 커리어우먼이 되고 싶었다. 멋지고 주체
적인 여성의 모습으로 보이지만, 골드미스는 사실 알고 보면
꽤나 현실 고증이 잘 된 판타지였다.

　　몇 년 전, 여러 은행의 채용비리가 줄줄이 밝혀진 적이

있다. 인사담당자들은 점수가 높은 여성을 일부러 떨어뜨렸고, 그 자리엔 원칙대로라면 떨어졌어야 할 남성들이 입사했다. 면접에서 '남자친구는 있어요?', '결혼은 언제 할 거예요?'와 같은 질문으로 여자들이 결혼하면 사라질 소모품 취급을 받는 동안 남자들은 턱턱 잘만 합격했다. 물론 남자들은 그런 질문은 받지 않았다. 좁디좁은 채용 문턱을 겨우 넘긴다 해도 이제 시작일 뿐이다. 사회생활 내내 마주할 수많은 차별은 단지 특정한 몇 사람만의 경험이 아니다.

10:6인 임금격차가 말해 주듯, 같은 직무에 비슷한 경력인 남자 동료가 알고 보니 나보다 높은 연봉을 받고 있었고 중간관리자 직급인 나의 상사는 자신의 진급 차례임에도 후배 남자들에게 승진이 밀리기 일쑤였다. 팀 내 여성이 임신하면 겉으로는 축하하면서도 뒤에서는 저 사람 일은 이제 누가 하지, 퇴사하진 않을까 여러 말이 오갔다. 하지만 남자 직원의 부인이 임신하면 축하 세례와 함께 '한 가정을 책임질 가장'이라는 이유로 먼저 승진할 조건을 갖추게 되었다. 내 목표를 향해 미친 듯이 공부하고 열심히 일해도 당연하다는 듯 옆자리 남자 동기에게 승진이 밀릴 수 있다. 그 동기가 나보다 업무 숙련도가 낮다거나 인사평가, 업무평가가 안 좋다거나 하는 건 상관없다. 내가 당했고, 당하고 있고, 앞으로

당할지도 모르는 선례들을 바로 옆에서 지켜보며 목표했던 골드미스가 정말 가능한 이야기인지 점점 자신이 없어졌다.

빛 좋은 개살구처럼 시대는 겉으로 보기에만 좋게 변했다. 확실히 여성은 이제 남성보다 더 많이 배울 수도, 예전보다 다양한 직업을 선택할 수도 있다. 하지만 홀로 자립해 안정적인 생활을 할 정도로 돈을 잘 벌 수 있는 자리에 올라가기까지 얼마나 오래 걸릴 지 짐작조차 할 수 없다. 실제로 통계를 살펴보면 남성 관리자의 비율이 여성보다 7배나 많다고 한다. 대학 시절 누구보다 배움에 열성적이고 꿈 많던 친구들과 지금까지 만났던 여성 중간관리자들은 다 어디로 사라졌을까? 왜 여성은 아무리 열심히 해도 관리자 직급에 오르기 힘든 걸까? '여성 상위' 시대를 들먹이며 이제 유리천장 같은 건 존재하지 않는다고들 하는데 왜 여성 임원 수는 현저히 적고 유리절벽에 내몰리는 여성들이 존재하는 걸까?

유리절벽에 내몰린 여성들은 현실적으로 어렵거나 실패 가능성이 높은 일의 책임자가 되어 위태로운 상황에 처한다. 높은 직급에 올라가는 과정에서 남자가 느끼는 난이도와 여자가 느끼는 난이도는 결코 같을 수 없다.

이런 세상에서 비혼으로, 페미니스트로 살고자 하는 여

성에게 야망은 꼭 갖춰야 하는 필수 조건처럼 여겨진다. 페미니즘 활동을 하며 만난 사람들은 하나같이 비슷한 말을 했다. 남성 중심 가부장제 사회가 여자가 너무 잘나지 못하도록, 큰 꿈을 가지지 못하도록 억압한 것이라고. 여성의 출세욕은 좋은 남자와 결혼을 갈망하는 것으로 강제 치환되어 왔다고. 모름지기 여자라면 지금까지 주어지지 않은 것을 탐내고 허락되지 않은 높은 자리를 원해야 하고 그 끝은 반드시 성공이어야 한다고.

여기서 말하는 여성의 '성공'은 대부분 높은 지위와 많은 돈을 뜻한다. 하지만 비혼 여성 모두가 능력 있고 돈이 많아야 한다는 말은 혼자 살아가려는 여성이라면 남성 중심의 가부장제 사회가 인정할 만한 능력을 갖추고 당연히 그에 따른 재력 또한 넘치도록 가져야 한다는 또 하나의 틀이다. 이 틀이 위험한 이유는 여성에게 곱절로 까다로운 취업시장, 성차별이 난무하는 직장생활, 남성 중심의 가부장제 사회에서 홀로서기에 실패한 여성에게 남은 선택지가 결혼밖에 없다면 그 끈을 어쩔 수 없이 붙잡는 이들도 생겨날 것이기 때문이다.

나는 어릴 때부터 꿈이나 이루고 싶은 것 없이 살았고 그런 내 인생관에 의문을 갖지 않았다. 계약직이라도 그저 한 달 벌어서 한 달 안 굶고, 가끔 친구들과 비싸고 맛있는 저녁을 먹고, 보고 싶은 영화도 보는 부족함 없는 지금 삶이 만족스럽다고 느꼈다. 여성에게 허락된 틀에서 벗어나지 않는 적당한 직업을 선택해 커리어라고 부를 법한 경력을 쌓아 가면서도 욕심 없이 살고 싶다는 내 생각은 유지됐다.

페미니즘을 접하고 비혼주의자가 된 후에도 그 생각은 달라지지 않았다. 졸업만 겨우 할 수 있을 정도의 낮은 학점과 이미 졸업한 지도 오래된 그저 그런 학교에, 당장 생활비를 벌기 위해 면접에 합격하는 대로 여기저기 일해 조각조각난 경력들. 이미 성공의 전제조건에서 멀리 벗어나 있는 나에게 야망은 굉장히 먼 이야기였다. 어느 날은 노력 따위 없이 지금처럼 적당하게 살고 싶다가도 어느 날은 갑자기 뼈를 깎는 노력으로 한 번쯤 저 높은 자리에 올라가고 싶었다. 가끔 그런 날이면 꿈을 이루려 미친 듯이 노력하는 사람들을 보며 대리만족했다.

야망, 성공, 경제력, 높은 자리, 커리어…… 고민들로 뒤죽박죽인 머릿속에 점차 시간이 지나며 분명해지는 생각이 하나 있었다. 사람들의 입에 수없이 오르내릴 만한 성공을 이룬 골드미스가 아니어도 남들의 기준에 나를 맞추지 말고 나는 나대로 잘 살아가면 된다는 것이었다. 결혼만이 여성에게 주어지는 길이 아니듯 성공 역시 유일한 길은 아니다. '결혼하지 않고 혼자 잘 사는 나'라는 문장에 '성공한'이라는 수식어가 없어도 괜찮다. 지금 내 방황의 끝이 어디일지 알 수 없어도 언젠가 하고 싶은 일을 찾아 이뤄 나간다면 그게 나의 성공일 것이다.

나의 행보가 각종 매체에 대서특필되고 타인의 귀감이 될 만큼 대단하지 않더라도 내 삶을 나로 가득 채우며 살려 한다. 지금 눈앞에 보이는 것보다 훨씬 많은 길이 있다는 걸 어린 여성들에게 알려 주고 싶다. 뛰어난 능력이나 천부적 재능, 혼신의 힘을 다하는 노력, 커다란 꿈은 없더라도 나 혼자 이 세상을 헤쳐 나가리란 다짐을 굳게 품은 길 말이다.

화려하지 않더라도 내가 직접 한 걸음 한 걸음 쌓아 올린 길 위에 1인분의 삶을 가득 채우며 살아가는 사람도 있다는 사실을 알게 된다면 하고 싶은 일을 여자는 힘들다는 이유로 포기하거나, 결혼과 직장 사이에 고민하거나, 꿈이 없는 자신에 실망할 이유 따위 없을 것이다. 노력하고 이루는 수많은 여성들이 더 조명되길 바라는 마음으로 응원하며 남의 뒤를 쫓지 않고 내 삶은 내 방식대로 채워 갈 것이다.

나와의 화해

　　　　　최근 점집을 찾아가 볼까 생각하는
횟수가 늘어났다. 앗, 이것은 내 정신건강이 안 좋다는 신호
다. 서양인들은 힘들면 테라피스트를, 동양인들은 점집을 찾
아간다고 하지 않는가. 동양에서 무속신앙은 심리치료의 역
할을 한다. 사주나 점을 보러 갈까 고민하는 날 보면서 이건
지금 내 마음이 힘들다는 신호임을 깨달았다.

　이번엔 서양인들처럼 해 보기로 하고 최근 매달 20만 원
씩 꼬박꼬박 심리상담에 투자하고 있다. 상담사 선생님과 연
결할 수 있는 심리상담 어플이 있어서, 잘 맞는 분을 찾아 전
화로 상담을 하고 있다. 대면을 하지 않아도 되니 편하고 선
생님과 대화 내용을 기록해 놓을 수 있어서 더 좋다. 일주일
에 한 번씩, 한 달에 4회. 요즘 갈망하고 있는 요가 학원 두
달치 등록비와 맞먹는 금액이지만 아깝지가 않다.

'엄친딸', '엄친아'라는 말이 있다. "엄마 친구 딸은~", "옆집 누구는~"으로 시작하는 비교질은 한국 사회에서 태어나 자랐다면 누구나 한 번쯤 경험했을 것이다. 그만큼 우리는 다른 사람과 비교당하며 자라고, 스스로도 남들과 비교하며 나의 현재 가치를 확인한다.

나 또한 예외는 아니었다. 태어나서 줄곧 나에 대한 엄마의 관심사는 오직 나의 성적에 한정돼 있었다. 나는 세 살 때 한글을 읽기 시작했고 네 살 때는 영어를 배웠다. 지금 그 나이대의 아이들을 대해 보면 확실히 놀랍도록 빠른 속도였다.

언제부터였을까? 엄마가 내게 '기대'라는 이름으로 폭력을 하기 시작한 것이. 내게 남아 있는 기억으로는 초등학교 2학년 때 즈음부터였다. 나는 방과후에는 운동장에서 노는 대신 집에 돌아와 학습지나 올림피아드 문제 같은 것들을 풀어야 했고, 영어학원이나 수학학원을 가면 또래들과는 수준이 맞지 않아 늘 5, 6학년 언니오빠들과 함께 반 배정이 되었다. 교육청 영재반에 뽑혀 주말에는 거길 다녀야 했다. 자연스럽게 친구들과는 어울릴 기회가 없었고 늘 반 친구들은 나를 아주 당연스럽게, 의심의 여지 없이 반장으로 뽑아 주었다.

내가 사랑했던, 아니 사랑하려고 노력했던 나의 엄마는

절대로 내게 만족하는 법이 없었다. 엄마는 내가 학교 전체에서 1등을 할 때만 인정을 해 줬고 그마저 뒤에는 '다음에는 틀린 문제도 다 맞아라'라는 엄한 목소리가 꼭 함께 따라붙었다.

엄마가 내게 기억에 남을 만한 칭찬을 해 줬던 때는 초등학교 6학년 때 전과목 100점을 맞았을 때와 원하던 대학에 전체수석으로 붙었을 때였다. 어쩌다 실수를 해서 2등을 하게 되는 날이면 집으로 가는 길이 끔찍하게 무서웠다. 시험이 싫은 게 아니라 시험을 치고 나서 엄마가 내게 던질 물건들과 무시무시한 폭언이 싫었다. 아무리 열심히 노력해도 나는 언제나 충분하지 않은 사람이라는 생각이 들었다.

중학생 때 나와 늘 전교 1, 2등을 다투던 ○○이란 친구가 있었다. 우린 하굣길에 MP3를 빌려주고, 하루종일 문자를 하다 알이 다 떨어지면 영어학원에서 컴퓨터로 리스닝 파일을 듣는 척하면서 몰래 서로의 블로그에 안부게시글을 남기곤 했다. 우리 엄마에게 ○○이는 늘 나와의 비교대상이자, 당신의 딸을 부족해 보이게 하는 존재였다.

"넌 맨날 ○○이랑 같이 다니디만 왜 성적은 개보다 못하노? ○○이는 독서실에서 맨날 맨 마지막까지 남아 있다매.

니도 좀 그렇게 끈기가 있어 봐라. 그래서는 대학도 못 간다."

나는 두려웠다. 고등학생이 되고 대학생이 되면 나보다 뛰어난 친구들을 더 마주치게 되겠지. 세상엔 똑똑한 사람이 많은데 나는 과연 계속해서 1등을 할 수 있을까? 그러면 나는 사랑받을 수 없을까? 내 존재가치는 공부에 있는 건가? 그 즈음의 내 일기장에는 온통 '나는 공부하는 기계다', '나는 왜 살까'와 같은 말들로 가득했던 것 같다. 나는 인정받고 사랑받기 위해서는 끊임없이 내 능력을 증명해 보여야 했다. 내게 나 자신의 가치는 '조건부'였다.

언젠가 ○○이에게 "니네 엄마도 내랑 맨날 성적 가지고 비교하제?"라고 물어보니 돌아온 대답은 예상 밖에 "아니?"였다. 엄마가 전혀 그런 말을 하지 않는다고 해서 깜짝 놀랐지만 부러움이 훨씬 컸다. 엄마에게 심하게 비교당하고 혼나는 날은 나를 더 못나 보이게 만드는 그 친구가 미웠다. 그 친구는 지금 의사가 되었다.

내 인생에서 타인은 모두 내게 경쟁상대였고, 어떤 새로운 것을 시작하든 남과 나를 비교했고, 1등이 되지 못하면 심하게 나를 자책했다. 한마디로 완벽주의에 갇힌 것이다. 겉으로 완벽한 결과를 내지 못하면 나는 쓸모없는 인간인 것처럼 느껴졌다. 난 왜 이것밖에 못할까? 당연히 유튜브도 예외는 아니었다. 다른 유튜버와 나를 저울질했고, 굳이 찾아와서 다른 채널과 우리를 비교하는 댓글들은 나 스스로의 정신을 갉아먹는 이 습관을 부추겼다. 그냥 무시하고 넘기는 에이와는 달리 나는 유독 그런 댓글들에 민감하게 반응했고 원래 즐겨 보던 다른 유튜버들의 영상도 의도적으로 찾아보지 않기 시작했다.

고백하건대 스트레스가 극심했을 때에는 자꾸 우리와 비슷한 영상을 추천해 주는 유튜브의 완벽하고도 적절한 알고리즘을 원망하며 '추천 안 함' 버튼을 누른 적이 몇 번 있다. 그러면서도 동시에 다른 여성들을 순수한 마음으로 응원하고 함께 즐기지 못하는 내 자신이 미웠다. 내가 경쟁자로 삼아야 할 상대는 그들이 아닌데. 나는 '여적여'를 하고 있는 건가? 자기 살을 깎아 먹는 그 굴레에서 빠져나올 수 없었다. 이전에 여성주의자로서 함께 열광하던 컨텐츠들을 더 이상 순수하게 수용자의 마음으로 즐기지 못하게 되면서 나는 서서히 스스로를 이 세계에서 고립시켰다.

우리의 영상도 완벽해야 한다고 생각했다. 정제하고 또 정제해서, 검열해서 한 치의 오차나 비난의 여지 없이 잘 다

들어진 상태의 언어로만 내보내야 한다고. 그리고 그렇게 했다. 완벽하게 퇴고된 대본을 가지고 촬영했고, 녹화 중 들어간 오해의 소지가 있을 수 있는 농담 같은 것들도 '혹시나'라는 생각이 들면 모두 편집했다. 하지만 그렇게 해도 가끔 미처 인지하지 못하고 놓치는 부분도 있었다. 무심코 쓴 단어가 잘못되었다거나 하는 것들이었다. 그럴 땐 꼭 그 부분을 지적하는 댓글이 달렸고, 나는 또 나를 자책했다. 점점 여유가 없어졌고 평소였으면 그렇게 볼 수도 있겠구나, 하고 넘어갈 것에도 예민해졌다.

솔직히 고백해야겠다. 나는 나 자신을 사랑하는 법을 아는 줄 알았다. 그런데 아니었다. 애써 사랑하는 '척' 연기만 하고 있었던 거였다. 완벽한 나의 모습을 만들어 놓고 거기에 나를 맞추는 것이 자신을 사랑하는 방법인 줄 알았던 거다.

나는 완벽한 인간이 아니다. 나뿐만 아니라 세상 그 어떤 사람도 완벽할 수 없다. 실수할 수 있고 잘못 생각할 수 있고, 그게 당연하다. 인생이란 배우고 발전하는 과정 아닌가. 나는 내게 흠집 없는 교과서가 되길 강요했다. 그리고 흠이 하나라도 발견되면 나를 미워하고 채찍질을 했다. 스스로를 기다려 주고 내 자신에게 너그러워지지 못한 채 '너는 왜 이것도 못하니?'라며 잘한 것 대신 부족한 부분에만 집중했다.

나 자신에게 너그럽지 못하니, 타인을 이해하지 못하는 건 당연했다.

지친 사람은 식사를 하고 충분한 휴식을 취해야 주위를 둘러볼 수 있다. 완벽주의와 죄책감의 굴레에서 괴로워하다가, 문득 심리상담을 받아 볼까 하는 생각이 들었다. 아주 어릴 적부터 이어져 온 내 마음의 짐을 어떻게 내려놓아야 할지 혼자는 도저히 알 수 없었기 때문이다. 요즘은 어플로도 간편하게 선생님의 정보를 보고 심리상담을 받을 수 있다. 어플에 올라와 있는 상담후기들을 전부 꼼꼼히 읽고 나와 맞을 것 같은 선생님을 선택하기까지 일주일, 상담 날짜를 잡고 상담을 시작하기까지 사흘. 약속시간까지 설렘으로 기다린 끝에 전화 상담을 시작했다. 선생님은 내게 두 가지 방법을 조언해 주셨다. 내 감정 인정하기와 애착관계 심어 주기.

내가 또 누군가와 비교하며 나를 깎아내리려 하면, '역시 난 이것밖에 못해'라고 자기혐오를 하는 대신 '내가 열등감을 느끼고 있구나. 더 잘하고 싶구나'라고 내 마음을 인정하고 들여다봐 주는 것이다. 신기하게 이렇게 내 감정을 몇 번 인정하고 나니 마음이 편안해졌다.

사람들은 누구나 내면에 다섯 살짜리 아이(inner child)

를 가지고 있다고 한다. 태어난 아이는 어릴 때 양육자에게서 충분한 인정과 사랑, 칭찬을 받아야 한다. 이렇게 채워져야 할 욕구가 충족되지 않은 아이는 성인이 되어서도 사라지지 않고 내면에 남아 있다. 애착관계를 제대로 형성하지 못한 채로. 하지만 몸은 성인이 되었고, 사회적으로 기대받는 것도 성인의 역할이기에 평소엔 그 아이가 보이지 않게 누르고 산다. 존 브래드 쇼가 『상처받은 내면아이 치유』에서 '내면아이를 치유한다는 것은 당신의 발달 단계로 되돌아가서 미해결된 과제들을 끝내는 작업'이라고 했듯, 그 아이를 잘 살피고 돌봐야 다음 단계인 성숙한 어른으로 넘어갈 수 있다. 내가 나의 모부가 되는 것이다.

"이제 나의 애착관계를 형성해 줄 수 있는 사람은 나 자신뿐이에요. 하루에 몇 번씩 생각날 때마다 소리내서 내 이름을 부르면서 나를 안아 주고 '참 잘했어, 힘들었지? 너는 있는 그대로 소중한 사람이야.' 큰 소리로 격려해 주고 사랑해 주세요. 그래야 내 귀가 듣고 뇌가 인식해서 내 몸에 명령을 내릴 거예요. 절대로 속으로만 하면 안 돼요. 전화 끊고 큰 소리로 따라 하면서 안아 주세요. 알겠죠?"

상담사의 의외의 주문에 네? 하면서 웃고는 전화를 끊

었다. 그래도 한번 해 보자 싶어 따라해 보려고 일단 양팔로 내 어깨를 끌어안았는데, 내 입으로 내 이름을 부르는 게 왜 이렇게 어색한지. "에스야, 참 잘했어. 많이 힘들었지? 너는 있는 그대로 소중한 사람이야." 한글을 막 배운 사람처럼 그 짧은 문장을 제대로 말하기까지 여러 번의 시도가 필요했다. 성장영화의 대사에서나 나올 법한 진부한 말인데도 세상에서 가장 어렵게 느껴졌다.

내가 이런 말을 누군가에게 들어 본 적이 있었던가. 심지어 나 자신도 나를 이렇게 생각하지 않고 있었던 것이다. 눈물이 났다. 그제서야 나는 스스로를 검사하고 채찍질하기만 했지, 가장 조건 없이 믿어 줘야 할 내 자신을 한 번도 격려한 적이 없다는 사실을 깨달았다! 스스로를 사랑해야 한다고 그렇게 말했으면서. 나는 내가 그런 줄만 알고 있었다. 더 잘하려고 끊임없이 노력하니까. 나는 나약하지 않으니까. 나는 멋진 사람이고 유능한 사람이니까. 나는 결국 성공할 나를 믿으니까. 그렇게 내가 나를 사랑한다는 증거를 나열하고 보니, 멋지고 유능하지 않은 나는 내게 의미가 없는 사람이었다. 나는 유능하다는 전제조건하에서만 쓸모 있는 사람이었다. 모래 위에 지은, 보기에만 그럴듯했던 성인 것이다. 겉으로는 완벽해 보이지만 살짝만 건드려도 와르르 무너질.

"에스야, 너는 멋지지 않아도 유능하지 않아도 돼. 그동안 많이 힘들었지? 잘 하고 있어. 내 뇌야, 잘 입력하고 있니? 너는 있는 그대로 소중한 사람이란다."

살을 빼면 자존감이 높아질 거야, 이 말이 잘못된 건 누구나 안다. 그런데 성공하면 자존감이 높아질 거야, 이 말이 잘못된 거라는 건 왜 모를까? 우리는 '성공하면 모든 것을 보상받을 수 있다'라는 말을 너무나 당연한 공식으로, 한 치의 의심 없이 믿어 왔다. 당연히 성공해서 돈을 벌고 영향력 있는 사람이 되는 것이 살 빼서 예뻐지는 것보다 결과 면에서 천 배, 만 배는 더 좋다. 다이어트의 유해성과는 비교할 수가 없을 정도로. 하지만 그것들이 자기애의 전제조건이 된다면 그 두 가지는 본질적으로 다르지 않다.

한때 나 또한 자존감은 성취의 경험에서 나온다고 믿었었다. 왜냐하면 누워서 '아, 취준해야 하는데'라고 생각하는 것보다 실제로 몸을 일으켜서 공고 하나라도 찾아보고 지원했을 때가 기분이 더 나았으니까. 능력으로 인정받은 후엔 자신감이 샘솟았고, 나는 가치 있는 사람이라고 생각됐으니까. 하지만 나의 존재 가치에 대해 '전제조건'을 건다는 것은 그것을 만족하지 못했을 때 필연적으로 질책이 따른다는 것이다. 조건을 달아 나의 가치를 매기는 것도 나를 학대하는 방법이다. 이제는 '난 왜 이럴까' 대신 '그럴 수도 있지, 실수할 수도 있지'라고 생각하려 한다. 계속된 실수로 내가 쓸모없는 사람 같아 보일 때 '다음에 더 잘하면 된다'라는 마음으로 나를 격려하려 한다.

나 자신과 좋은 관계를 맺은 사람은 '저 사람은 저럴 수도 있구나, 저런 사람이구나'라며 타인도 쉽게 이해하고 포용할 수 있다. 상대와 나를 일치시키지 않고 다른 객체로 바라보는 것은 중요하다. 세상 모든 여자가 자신과 화해했으면, 그래서 자신을 미워하지 않고도 사랑할 줄 알았으면 좋겠다. 그러다 보면 옆에서 함께 달리는 여성들에게까지도 애정의 손길이 뻗어 나갈 것이다. 완벽을 바라지 않되 서로 격려하며 꾸준히 앞으로 나아가는 방향성을 잃지 않는 것, 그게 여성들이 오래오래 함께 갈 수 있는 방법 아닐까. 내가 아니면 누가 눈 감는 날까지 온전하고 꾸준하게 나를 사랑해 주겠는가!

오로지 나만을 위한 믿음

(에이)

　　　　　유튜브 시작 후 한창 채널을 운영
하는 것도, 현생을 유지하는 것도 버거워질 때 번아웃에 대
해 강연을 한 적이 있다. 나는 번아웃이 없는 사람이라고 말
하고 다닐 때였다. 강연을 준비하면서 스스로의 정신적, 신체
적 건강 상태와 번아웃에 대해 자문하게 됐고 그때서야 나
만의 방식으로 벌써 몇 번의 번아웃을 거쳐 왔다는 걸 알게
됐다.

　나는 번아웃이 없는 게 아니라 번아웃마저 외면하는 사
람이었다. 지치고 힘든 마음, 우울, 무기력과 같이 어두운 부
분은 무조건 나에게 없는 것으로 부정했다. 밝고 명랑하고
즐거운 사람이어야 내 주변 사람들이 떠나지 않을 거란 생각
이 강했던 탓이다. 깊은 곳에 고여 썩어 가는 마음은 외면하
고 다시 밝고 '정상적인 상태'로 돌아갈 때까지 더 바쁘게 일

정을 만들고 사람을 만났다. 정신없이 사람들을 만나고 나면 가득 충전된 에너지로 다시 웃을 힘을 얻었다. 그게 나의 힐링이고 힘든 시간을 극복하는 방법이었다.

사람의 감정은 스스로 느끼지 못한다고 해서 없는 것은 아니다. 번아웃의 비읍만 봐도 외면하기 바빴던 내가 강연을 위해, 남들을 위해 번아웃을 정의하고 내 경험에 빗대어 봤다. 부정적인 감정을 내 마음에 그렇게까지 가까이 가져가 본 건 처음이었다. 항상 내 무의식 아래 도사리고 있던 번아웃은 의식하자마자 나를 저 깊은 곳까지 단숨에 끌어내렸다. 전혀 슬프지 않은 영화를 보다 눈물을 흘리고 퇴근길 노을 지는 하늘을 가만 쳐다보다 눈물을 흘렸다. 내 상태를 가장 가까이에서 지켜봤던 에스의 추천으로 병원에서 우울증 검사를 해 봤지만 전혀 우울하지 않은, 굳이 따지자면 치료가 필요 없을 정도로 멀쩡한 수치가 나왔다. 전문기관에서 우울증이 아니라는데 나는 왜 이럴까 하는 마음에 또다시 이 힘듦이 어서 지나가길 바라며 버틸 뿐이었다.

이런저런 고민만 하던 중 에스가 서울시에서 청년을 대상으로 진행하는 상담 프로그램을 추천해 줬고, 그 프로그램을 통해 처음으로 정밀검사와 상담을 받게 됐다. 상담 전 진행한 검사에서도 우울증 소견은 나오지 않았다. 다만 너무 많은 감정들을 꾹꾹 누르고 있다는 상담사 선생님의 해석이 있었다. 인간관계에서 상처받았던 기간의 기억이 통째로 희미한 것과 힘들었던 타지 생활이 그럽게만 느껴지는 것도 그렇게 해야만 살 수 있었으니까, 나를 우울로 끌어내리는 것들을 다 잊어야 살아갈 수 있었기 때문이라고 했다.

"어떻게 버티셨어요, 지금까지 너무 간신히 버텨오셨어요, 잘 버티셨어요."

상담사 선생님의 그 한마디에, 내가 간신히 살아남아 온 것을 이해해 주는 말에 놀랄 만큼 내 마음이 요동쳤다. 생판 모르는 남이, 그것도 경력이 숱한 전문가가 나마저 외면하던 내 힘든 모습을 알아주었다. 상담소 안에서만은 밝은 척하지 않아도 된다는 생각에 이상한 안도감마저 느껴졌다.

나는 그동안 내가 느끼는 감정에 이유를 찾아보려 하지 않았다. 즐거운 일에는 그냥 즐거워했고, 화가 나는 일에는 그냥 화를 냈다. 얽히고 섥켜 뭉뚱그러진 감정들은 결국 원래 어떤 감정이었는지 형태조차 알아볼 수 없는 하나의 웅어리로 마음속에 남아 있었다. 상담은 나를 그렇게 방치하며 겪어 온 과정에서 내가 받았던 스트레스와 나의 대응 방식을 꼼꼼히 되짚어 보는 식으로 진행됐다.

각각의 회차가 지날수록 우리가 느끼는 모든 감정의 그 깊은 심연에는 오로지 스스로만 이해할 수 있는 나만의 이유가 있단 걸 알게 됐다. 정말 깊은 곳에 담아 둔 이야기는 반의 반의 반도 꺼내지 않았지만 내가 스트레스에 어떻게 대응하는지 자세히 뜯어보고 잘못된 방법을 바로잡으려는 시도를 했다. 지원받은 상담 횟수가 끝난 후에도 스스로 마음을 돌보는 방식이 지속될 수 있도록 짧은 시간 안에 여러가지 질문을 스스로에게 던져 봤다. 분명 좋은 경험이었다.

무조건 도망칠 생각부터 하는 버릇을 가진 난 그 모든 걸 마주할 용기가 필요했다. 어떤 방식이든 자신의 정신을 단단하게 해 줄 방법을 찾아야 했다. 나의 경우 수영을 주기적으로 다녔던 게 정신적인 에너지를 충전하는 것에 많은 도움이 됐다. 내 몸을 발가락 끝부터 손가락 끝까지, 평소 잘 인식하지 못하는 옆구리와 엉덩이 근육 하나까지 크고 작은 구석 모든 곳을 내가 완벽히 컨트롤하는 느낌은 다른 영역의 것들도 잘 컨트롤할 수 있을 거란 자신감을 불러일으켰다. 페미니즘을 실천하며 사는 것, 여성인권을 위해 정진하는 것도 중요하지만 한 명의 여성인 자신을 제일 먼저 돌봐주어야 한다.

그 험난한 여정을 떠날 때 필요한 건 오직 자신을 믿는 믿음 하나다. 외부에서 들어오는 자극에 자신의 반응이 유난스럽다고, 예민하다고 자신을 채찍질하지 않아도 우리는 이미 세상에게 쉼 없이 채찍질당하고 있다. 나만은 나를 보듬어 주고 응원해 주며 다시 일어날 수 있음을 믿고 기다려야 한다.

언젠가 친구에게 내가 없으면 이 우주도 없는 것 같다는 이야기를 했다가 자의식 과잉 아니냐는 말을 들은 적이 있다. 웃음과 핀잔이 섞인 친구 말에 그렇게 보이냐며 함께 웃어넘겼지만 난 아직도 똑같은 생각을 가지고 있다. 우주가 제아무리 열심히 돌아간다고 해도 내가 없으면 결국 사라져 버릴, 나를 위해 존재하는 세상이다. 그 무대 중앙에 서는 건 부담스럽기도 긴장되기도, 어떨 땐 신나기도 하는 일이 된다. 무대가 얼마나 오래 지속될지는 아무도 모르지만 몸도 마음도 건강한 사람으로 내 인생이라는 하나의 큰 극을 직접 이끌어 나가고 싶다.

예전엔 정말 힘들었지만 그때 고생해서 지금의 여유로운 내 모습이 있을 수 있다며 미소 지을 미래의 나를 위해, 내 생각과 행동의 근원도 모른 채 감정과 함께 시간을 흘려보내고 있는 현재의 나를 위해, 처음 겪는 고난에 어떻게 대응해

야 할지 몰라 수없이 울고 좌절했던 과거의 나를 위해 다른
누구보다 나만은 나를 무조건 믿어야 한다.

Now

우리가 꿈꾸는 미래

(에이)

　　　　　　　나는 미래에 대해 생각하는 걸 좋아하지 않는다. 불확실한 것에 대해 고민하거나 오지도 않은 일을 걱정하는 건 쓸데없다는 생각이 강한 탓이다. 안 그래도 막막한 삶을 살기 싫게 만드는 깊은 고찰 같은 건 위험요소처럼 느껴지기도 한다. 아무리 힘든 시간을 지나고 있더라도 어쨌든 당장 살아가긴 해야겠기에 인간 실존에 대한 생각보다 오늘 저녁은 뭘 먹을지, 이번 달 카드값은 어떻게 갚을지에 대해 생각하다 보면 하루, 한 달, 1년이 금방 지나가고는 했다. 이러다 어떤 것도 하지 못한 채 수많은 사람 중 그저 그랬던 아무개로 죽어 버리는 것 아닐까 하는 생각이 문득 들었다.

　기성세대가 너무 많은 것을 이뤄 놓은 시대에서 무언가 새로운 걸 하려는 시도 자체가 이미 많은 용기를 필요로 한다. 더 이상 새로울 게 없다고 생각할 때조차도 더 새로운 것들이 쏟아져 나온다. 사람들은 이제 날아다니는 차를 만들고 치매 치료제를 개발하고 생각하는 로봇까지 만들어 낸다. 이런 사회 분위기에 주눅 들어 아무것도 하지 못할 거라는 생각에 묻혀 살던 나는 페미니즘을 통해 새로운 나를 만나고 새로운 친구들을 만나고 새로운 길을 보는 눈을 가지게 됐다.

변화는 새로운 자신을 받아들이는 것부터 시작이다. 변화가 느린 누군가가 뒤처지는 자신의 속도에 좌절하지 않았으면 한다. 페미니즘은 속도싸움이 아니다. 빠르게 완성되는 것보다 꾸준한 발전을 유지하는 것이 가장 어렵고 중요하다. 정확한 길로만 간다면 속도는 소화할 수 있는 한도 내에서 자신에게 가장 알맞게 맞춰질 것이다. 가는 도중 확신이 생긴다면 더 빠른 속도를 내 보기도 하며 가면 된다. 나를 가장 잘 아는 건 나니까.

다만 포기하지 않았으면 한다. 지금까지 여성들은 불편함을 말함으로써 불평등한 사회를 바꿨고, 계속해서 끊임없이 말해 더 많은 것을 바꿀 것이다. 당신이 나이가 많든 적든, 같은 언어를 쓰거나 다른 언어를 사용하더라도, 멀리 지구 반대편 어느 곳에 있더라도 상관없다. 한 번 깨닫게 된 이상 돌아갈 수 없다. 이 험난하고 힘든 여정을 함께하는 여성 모두를 내 인생의 동반자라 부르고 싶다.

꼭 대단한 사람이 되기 위해 열심히 살지 않아도 된다. 내 이름 석 자 길이 남을 엄청난 업적은 없을지라도 지나온 길에 발자국을 남김으로써 나 한 사람이 비혼주의자로 꿋꿋이 살아갔음을, 우리가 이렇게 열렬히 싸웠음을 새긴다. 이 흔적이 우리 뒤에 올 여성들에게 '혼자 가는 삶'을 잘 살아갈 용기를 조금이나마 보태 줄 수 있지 않을까 하는 기대로 오늘도 그저 그렇게 잘 살아가 본다.

우리가 꿈꾸는 미래, 그곳은 여자로 태어났다는 이유로 더 많은 것을 증명하지 않아도 되는 곳이길 바란다. 여성이 온전히 자기 자신의 모습으로 살아도 손가락질 받지 않는 곳. 모든 여성들이 매일 아침

편한 옷과 편한 얼굴로 하루를 시작하고, 모두 똑같은 모습을 향해 달리며 자신의 몸을 재단하고 졸라매는 대신 내 삶과 인생에 집중하는 사회. 그곳에선 더 이상 여성들이 여성이라는 이유만으로 온갖 폭력과 불합리와 착취에 시달리거나 불리한 판결을 받지 않기를 바란다.

혼자 살면서 밤길에 떨지 않아도 되고, 문을 이중 삼중으로 걸어 잠그고 도어락에 묻은 지문을 주기적으로 알콜스왑으로 닦으며 '꿀팁'이라고 공유할 필요가 없는, 국가라는 지붕 아래 동등한 시민으로 보호받고 있다고 느낄 수 있는 안전하고 당연한 세상이었으면 한다.

그 미래를 향해 가는 동안 나는 내 자리에서 최대한 오래 버틸 것이다. 여동생과 생강이와 함께 단란한 가족을 꾸려 여유롭게 살 것이다. 그러다가 떠나고 싶을 땐 짐을 꾸려 훌쩍 여행길에 오르고, 집에 친구들을 초대해 진토닉을 곁들이며 보드게임을 즐기기도 할 것이다. 날씨 좋을 때는 장비를 챙겨 캠핑을 떠나고 경험해 보고 싶은 것들은 주저 없이 도전하며 나에게 내가 해 줄 수 있는 최선의 것들을 해 줄 것이다. 그렇게 나를 가장 최우선으로 돌봐 주고 아끼고 싶다. 그리고 나만은 나를 모두 수용해 주고 싶다.

내 주변에는 지금처럼 뜻을 같이하는 여자들이 점점 더 늘어날 것이고, 그 여자들에게 감사하면서 살고 싶다. 나와 주변 여성들의 애정을 듬뿍 먹고 자란 내가 사랑을 주는 법을 배워 다른 여자들에게도 사랑을 나눠 줄 수 있을 것이다.

그렇게 내가 지금 외치는 말들이 더 이상 그럴 필요가 없는 것이 되길 바란다. 그 세상을 위해 오늘도 나를 사랑하고 주변의 여자들을 사랑하며, 모두가 맞다고 할 때 아니라는 물음표를 띄울 용기를 기른다. 영화 「서프러제트」의 대사 한 구절을 인용하며 글을 마치겠다.

We will win.

자신만의 세계를

충분히 그리고, 누리고, 만들어 가는 여성들이

많아졌으면 좋겠습니다.

그리고 힘껏 외쳐 주세요.

그 목소리가 우리에게도 들리도록.

혼자 가는 삶, 비켜라 결혼주의자들아!

혼삶비결이 읽은 책

+ 안드레아 드워킨, 『포르노그래피』, 동문선, 1996

+ 게르드 브란튼베르그, 『이갈리아의 딸들』, 황금가지, 1996

+ 거다 러너, 『가부장제의 창조』, 당대, 2004

+ 토마 마티외, 『악어 프로젝트』, 푸른지식, 2016

+ 한우리 편역, 『페미니즘 선언』, 현실문화, 2016

+ 이이지마 유코, 『여성파산』, 매일경제신문사, 2017

+ 러네이 엥겔른, 『거울 앞에서 너무 많은 시간을 보냈다』, 웅진지
  식하우스, 2017

+ 수전 팔루디, 『백래시』, 아르테, 2017

+ 나오미 울프, 『버자이너』, 사일런스북, 2018

+ 키드, 『나도 몰라서 공부하는 페미니즘』, 팬덤북스, 2018

+ 엘리, 『연애하지 않을 권리』, 카시오페아, 2019

+ 작가1, 『탈코일기』, 북로그컴퍼니, 2019

+ 이충열, 『화가들은 왜 비너스를 눕혔을까?』, 한뼘책방, 2019

+ 이민경, 『탈코르셋: 도래한 상상』, 한겨레출판, 2019

* 해당 책들의 모든 부분이 혼삶비결의 의견과 일치한다는 것은 아닙니다.

나랑 비혼해 줄래?

초판 1쇄 발행 2022년 1월 14일

지은이 혼삶비결
펴낸이 이광재

책임편집 김찬양
디자인 이창주
마케팅 정가현   **영업** 노시영, 허남

펴낸곳 카멜북스   **출판등록** 제311-2012-000068호
주소 서울특별시 마포구 양화로12길 26 지윌드빌딩 (서교동 395-7) 3층
전화 02-3144-7113   **팩스** 02-6442-8610   **이메일** camelbook@naver.com
홈페이지 www.camelbooks.co.kr   **페이스북** www.facebook.com/camelbooks
인스타그램 www.instagram.com/camelbook

ISBN 978-89-98599-92-8 (03810)